尋　仙

追憶微生態私生活的
自然念想

陳煌　文／圖

【推薦序】

人與山野之間那一條無始無終的地平線

蕭蕭／詩人

就陳煌而言，「仙」的造字，是人與山野之間那一條變化無盡、無盡延伸、延伸到無始無終的無盡藏，永遠到不了卻也永遠引逗著的那一條地平線。

他，尋仙而來，而去。

現如今，陳煌回來了，三十年前那個原野觀察者、山野漫遊者、荒野記錄者，散文家陳煌回來了！藉著一本三十年前自己手繪的生態細密畫，藉著那一條虛擬的地平線卻又是自己實足親踏的野地書寫，回來了！

書名《尋仙》，多麼明確、堅定，且又節制的兩個字的意志！相對的，他的副標則是「追憶微生態私生活的自然念想」，浪漫而現實地描繪出整部散文集的質地與內涵，就是那麼「微生態」、「私生活」的「自然念想」的「追憶」，就是三十年了仍然清晰、生鮮的自然影像，自動播放，自在旁白。

《尋仙》的插圖與文字，相隔三十年，但在當今天文及地質學界的理論和觀測皆一致認為的四十五～四十六億年之間的地球年齡而言，這三十年卻只是小數點後面的微渺數字。相對的，遠離野地不到五十年的自以為

「文明」的我們，當然無法察覺其間的歷史差距，當然也不確然相信那是當今人類應該嚮往或尋找的仙境！

但在陳煌的插圖與文字間，或多或少會感覺出那是人與山野之間變化無盡、無盡延伸、延伸到無始無終的無盡藏……

或多或少、或淺或淡，會察覺出陳煌曾經追尋的那時空、那場景、那氣息、那蟲、那草、那鳴叫聲、那荒涼感，似乎也能聞到陳煌一個人獨自穿行在風中雨裡所摩擦出來的疏野味道。

不會離失，其實也未曾擁有；不會熟稔，其實也未曾全盤俯臨與辨識。

彷彿遙遠的天邊淡月。

就像是眼前這一場四十多幅的插圖遭遇。

逐日逐日的蹲伏、觀測，模擬、繪製，逐日逐日的物華與我對視、對峙，而後揉合成我與圖繪，而後融合成天與人的兩相忘，忽忽三十年，圖繪醒來，文字醒來，我醒來你醒來，天邊的淡月也醒來。

曾經裝入眼簾，就會裝在心窩；曾經裝入行囊，就會裝在記憶深處。

只待天外的鐘聲響起。

那四十五～四十六億歲的古老地球一直醒著吧！

那十數年在荒野中晃盪的歲月、所塑寫的文字形符，一直醒著吧！

那記憶的蕨類，和泥盆紀一樣久遠，一樣醒著吧！

我喜歡陳煌這樣說：

「我們都想由流浪中創造出一個不需再流浪的家園，比如桃花源。而這荒野就是桃花源，野生動植物的桃花源，也是風的四季的桃花源。」

陳煌黏著他的荒野，我們黏著他的荒野圖記，其實也黏著他三十年的桃花源夢想，黏著他六十年的生命沉思，黏著人類終極而未可終及的呼喚。

隨著陳煌尋仙吧！人與山野，若即若離，那一條變化無盡、無盡延伸、延伸到無終無始的仙境……

二〇二三．四．一六清明已過．穀雨將臨

【推薦序】

陳煌尋仙

李瑞騰／中央大學人文藝術中心主任

上世紀七十年代後期，我開始從事編輯工作，也勤快寫作，發表一些文學評論，也陸續參與文壇活動，認識了許多年齡相若的寫作人，時相往來的不少。很快便結識了陳煌。他來自高雄鳳山，世新廣電畢業，寫詩和散文，做編輯工作，曾任《愛書人》雜誌編輯，參與《陽光小集》的創辦，記憶所及，他在《幼獅》相關刊物及各報副刊發表過很多作品。

陳煌最初的散文，和當時年輕的我輩一樣，叩問生命、呼喚青春，有著淺淺的哲理、淡淡的哀愁，出之以美美的文字，後來都收在他出版的前幾本散文集中（如《夜走在小鎮》、《長卷》、《陽關千唱》）。但我輩青年寫作者，經歷一九七〇年代後期幾年的時潮震盪（鄉土文學論戰、和美國斷交、美麗島事件），普遍意識到寫作之於我群，包括土地、歷史和人民，密切關聯，可以說是一種大覺醒吧！一九八〇年以後，他們走出自我小空間，從政的、搞運動的（社運、文運、原運、客運等）、作媒體的、寫作的，甚至大專院校教書從事研究的，不同層面、不同工作形態，都可以發現有一種指向舊體制、舊社會、舊思維的新脈動。

對於自然界，陳煌原本就有所關愛，從南方北漂，在都會裡工作與生活，當自然生態保育的風潮一起，「我們只有一個地球」的呼聲此起彼落，他開始寫鴿、寫蟬、寫人鳥之間、寫他對於大地的沉思、寫大自然的憂鬱、寫大自然的那些歌手、寫野地等等，陳煌作為一位自然生態作家的專業形象於焉形成。

陳煌是媒體工作者，八、九〇年代，在台北，他遊走於幾個不同類型的雜誌社之間，為稻糧謀，也通過刊物和受眾對話。這樣的工作在編輯室進行，但要能掌握時潮社脈，而且心思要非常細密；而他自己的寫作，場域是野地、山林，用學術話語來說，必須田調，觀察、記錄、錄音、攝影，有時還要素描，他必須利用週休去做寫作的準備，真正一字一句書寫，當然只有夜間了。而如果只是一篇兩篇、一本兩本，那也還好，陳煌在上個世紀的後二十年間寫了十幾本生態散文集，獲得時報文學獎、吳魯芹獎、吳三連獎的高度肯定，肯定的不只是他的作品，也包含書寫的行為本身。究竟要有多深的自然之愛，才能如此持久奮力寫作？

陳煌談到他極重要的《人鳥之間》時說：「（此書）包括了我一年四季的完整定點觀察散文紀錄，它關於野鳥、關於昆蟲草木、關於人、關於大自然一切變化的記載，以週記方式記錄了野鳥新樂園的地誌。」「它傳達我個人的觀察和思考，以及一種土地愛、人文生態觀。」他痛心地說：「當它呈現在讀者您的眼前時，已不再存在。因為，它和所有已消失了的荒野自然一樣，正被人們快速無情地糟蹋。」文明反成為一種野蠻的暴力，糟蹋原始素樸的荒野，我們都知道，但無可奈何。

二〇〇一年夏天，陳煌去了大陸，和雜誌有關的工作，除了《新銳》創刊主編，還做過《iidea 創意設計月刊》創刊主編，《汽車生活報》創意總監。在大陸待了十五年，二〇一七年回到台灣。他去大陸發展，我知道；回來，我也聽說，但除了偶見他的詩文發表於報刊，還沒有機會見面。最近他來信說有新書要出版，要我這個老朋友幫他看看，寫點閱讀心得。我很高興又聯繫上，雖然已欠缺年輕時那種把酒言歡的熱情，但藉著閱讀老友的創作文本，將一大段空白歲月的情誼，牽來牽去牽起，也可以彌補一些因環境變遷和彼此際遇差異而產生的遺憾。

拜網際網路四通八達之賜，我點閱了每一筆和陳煌有關的資料，發現他在去年曾出版一本以「雲淡風輕」為筆名出版的《雜念：與凡間觸動共舞的小碎步》，我注意到陳煌在〈序〉說的，這「一則則簡短有意思的雜念」，「約有一百多則，是當初從已寫完的前十分之一處約二萬字中挑選的，若有主題，那應該是：觸動」，它們是「在四、五年前」「開始寫的」。意思是說，大約在返臺前後以降的四、五年間，他寫了約二十萬字的手記。手記體散文曾於一九七〇年代風行，沈臨彬《泰瑪手記》（一九七二）、羊子喬《太陽手記》（一九七四）、渡也《歷山手記》（一九七七）等我迄今記憶猶新，陳煌以「雜念」命名，拈出「觸動」主題，實為手記。

這說明陳煌在生活中恢復了寫作，記下來的雜念以後還可以當原始素材再創作。但真的能夠雲淡風輕嗎？陳煌新書有一個副題「追憶微生態私生活的自然念想」，這句密度超高，拆開來看，首先是「追憶」，其次是「生態」、「生活」，再來是「念想」，後三者上加「微」、「私」、「自然」。其實讀一下如自序之〈尋仙而來〉，首篇〈尋仙〉以及最後的〈後記〉，此書寫作之因緣及內容之主題傾向等，就可以理解了。一本薄薄的三十年前畫的生態插圖重新出土，牽引多少前塵往事，陳煌本就善感，觸動他的是當年的生態觀察和自然寫作，我也感動，只因他「為它們新寫一本書」，即這本包含約四十篇「念想」的《尋仙》。

書中所有的篇名都兩個字，都對應著一張插圖。陳煌說，許多篇章「不免多少延續著對野鳥新樂園的迷戀，以及一些些念想，不過，我試著跳脫出過去完全的生態寫作方式，加入了更多我的追憶與心念元素。」從「延續」到「跳脫」，陳煌等於是為他新一階段的散文寫作定調，動植皆文，寫作者因時因地在物我之間調整比重：「我」多一點，「物」相對少了一點；下筆重一些，話題嚴肅，讀來心也沉重，放輕鬆一些，就比較自在、適意了；讀來壓迫感沒那麼重，卻也能感受作者的憂懷。

陳煌去了大陸十餘年，基本上和臺灣文壇斷了聯繫，但這段期間有二本碩士論文探討他的寫作，一本明示研究他的「自然寫作」（李明展，臺北市立教育大學中國語文學系，二〇〇九）；一本專論他的「鳥類書寫」（孔淑如，國立中興大學臺灣文學研究所，二〇一〇）；陳芳明《臺灣新文學史》（聯經，二〇一一）有一章〈一九八〇年代台灣邊緣聲音的崛起〉，其中一節論〈散文創作與自然書寫的藝術〉，雖未專論陳煌，但談完環保成為臺灣文學一個永恆主題，特舉劉克襄，談完劉克襄，他說：「同時期重要自然書寫的實踐者，還包括探險的徐仁修（一九四六～）、觀鳥的陳煌（一九五四～）、觀鷹的沈振中（一九五四～），都豐富了這階段自然散文的精神與內容。」上世紀末，陳煌的文學價值及歷史地位已經非常明確，中斷了十幾年，他當然不會忘情於荒地，用《尋仙》承轉他的自然書寫，繼續為他筆下的微小動植物尋找新樂園，也為他自己「尋一個安適得宜的家」。

此外，他一字一句寫下的大量的雜念中，是否也包含他十五年的大陸經驗？從馬英九到蔡英文，海峽變得濤驚浪駭，我想起日治下張我軍到北京，留下一本詩集《亂都之戀》（一九二五）；戰爭時期吳濁流去南京一年，多年後編成一本遊記《南京雜感》（一九七七），而身為一位當代臺灣作家，陳煌大概很難不追憶在大陸的羈旅歲月，寫吧！那也曾是一塊荒地。

【序】

尋仙而來

陳煌

找到自己這些三十年前的手繪插圖後，就在想，為它們新寫一本書。
《尋仙》，就是。
仙人在哪，我不知道。
但我知道我喜歡什麼。
三十年前，我寫《人鳥之間》這本書時，原來的書名是，「野鳥新樂園」。

說實話，《人鳥之間》一書是我最鍾愛的，而三十年後的《尋仙》一書可視為《人鳥之間》的餘續，我一樣獨愛。

雖說，那野鳥新樂園這野地就是野鳥們的家，桃花源，烏托邦，夢想之地。

而這本書中提及的野地，或荒野等等地方，雖不盡然是指那野鳥新樂園，況且，經過這三十年後，恐怕所有的野地都已有改變，變得更糟糕不堪……但我多年來也在尋訪自己的家，一個如桃花源的家，一個可以安身立命的地方，一個能好好思考寫作之處，那也許是類似野鳥新樂園的地方，野地，或荒野等等地方；而我，或是我們或許如野鳥，野花草一樣，都需要一個夢土。

這本書的許多章節，不免多少延續著對野鳥新樂園的迷戀，以及一些些念想，不過，我試著跳脫出過去完全的生態寫作方式，加入了更多我的追憶與心念元素。更明確地說，這本書我寫了一些微小動植物等等的微生態，自覺地去感受他們的私生活，用我自己的語言，感覺有點脫離了過去我寫生態的較沉重與嚴肅的筆調，而以較自在，適意，自然的方式關注審視他們。不，也許不該也是沉重或尖銳般的關注審視，而是說說我感受到的他們與我的原本私下生活，我與他們的關係。

我想輕鬆地寫他們，還有我與他們之間的關係，如此而已。

因為如此，如此想來，這樣的記事可以讓自己一路寫下來，也感覺很開心。

而且，每篇保持較適中的字數，以利閱讀。

其中只有〈追蹤〉一篇文字較長，因為它寫得最早，早到我後來找到以為失散的手繪插圖之前，早到我後來想寫《尋仙》之前，而且它保留紀錄了我在野地的一回冒險情節，很有意思，故留存了下來。

當然，要尋的仙，何嘗不是我夢想中的家，桃花源，烏托邦，夢土，希望，或者是你自己朝思夕想的地方？

因為在我們心靈中，現實中，或許都需要尋仙，尋一個安適得宜的

家，不論是否尋得到，心中總要供奉一個仙人，一處神仙之地，讓我們去追尋，這也很不錯的。

至於我，尋仙得如何了？

我的仙人與神仙之地已駐在這書中，在文字篇章之間，遨遊著，舒坦著。

目 次

【推薦序】人與山野之間那一條無始無終的地平線／蕭蕭　003
【推薦序】陳煌尋仙／李瑞騰　008
【序】尋仙而來／陳煌　018

尋仙　026
捕手　031
野生　035
不明　039
晃蕩　043
古老　048
黏人　053

有家　058
山路　063
相遇　069
遺忘　074
長蟲　079
爬樹　085
結果　090
愛蝶　095
透明　100

過溪 105
乘風 110
懷念 115
油菜 121
答案 126
死去 131
會飛 136
活著 141
水岸 147
燈塔 153
仰望 159
事件 164
觸角 170
屬水 177

看望 183
流浪 189
啼鳴 194
叫蟲 201
發現 207
守候 214
偽裝 220
音符 227
深處 233
大椿 239
追蹤 245
後記 257

尋仙

山不在高，有仙則靈。

這山並不高，但一座小小宮廟就座落在群丘陵中的最高處，有長長石階直通山巔宮廟前，鮮少人跡，卻也有幾分幽靜的仙氣。

不過，把宮廟蓋在山頭的地方，顯然想多一點仙氣吧。

凡是遠離人群俗世之地，即便是在市囂的郊外，只要有了山，再有了林，沒有雲霧，而周圍卻環繞著各種野鳥環繞，也會給人隱藏仙氣的感覺吧。

再說，廟也不在大，有一定的香火就好。

香火裊裊，就接通了天庭，也能讓神仙感受到人間的所願吧。

我遠遠地望著，仰望它的屋頂，希望能看到香火如雲霧般上升，環繞，想像有仙人對膜拜他的人能有所指點迷津。不過，那上面的陽光普照，香火的煙霧大概早已飄散。有一群白鷺鷥成隊靜靜飛過，牠們攤平雙翼，潔白清瘦的身子如仙人的白袍，在迎風中，把飛影緩緩投下宮廟的屋頂，然後緩緩穿過天空，牠們在趕赴另一場香火之約嗎？

我喜歡白鷺鷥，即便牠們的叫聲一點也不討好，也不如仙班中的仙鶴，可是牠們曬優雅，安靜，潔峻，儒秀，亦有幾分仙韵，也有一種仙風道骨之感。在草地上或水邊，白鷺鷥的神態依舊儒雅，不疾不徐，即便在空中飛行，也一樣悠閒自得，一派文人墨客的清舒風流。

山上的宮廟是否有仙人與仙鶴坐騎，我不知道。

但我聽說，有白鷺鷥在宮廟附近的樹林中築巢群居，牠們被人間視為吉祥鳥，牠們繁延生息之處被視為福地，所以當牠們盤旋於山巒之間，投身於宮廟天空時，人們也會認定這宮廟也許或有多少仙氣吧。

那長長的石階，向上，通向天空。

想接近宮廟，接近神仙，就得一步步修練一樣往上走。

我遠眺，石階旁似乎多矮灌木，如荊棘，咬著石階。

而且，許多野生植物肆無忌憚的遍佈山丘，尤其像姑婆芋這樣看似觀賞，卻野性十足的外來植物，寬大的葉片足以捧接最多的陽光，和雨水，

讓野蛙或蝸牛當運動場，有需要時還可以當雨傘使用。

白鷺鷥飛遠了，我在想，山不來，我就過去，仙不見，我就去看祂。

然後，或許預計在一個欲晚的雨天，撐這一把傘，石階而上，看看能不能尋到仙人。

捕手

約三十年前一個夏日，我躺在墾丁某處風呼呼吹著的曠野大草原上，心裡惦記的是如何記錄這卑微的草與土地的親密故事。

而風，吹過太平洋，吹過了海岸的風，也吹進大草原上。

我躺著，沒動，那時我希望我是一片雲，地上大草原的雲。

但我不是。

我只是感受到風罷了，同時貼近了草與土地罷了，因為草幾乎將我淹沒，我能很清晰看見近在眼前的草莖和草葉，以及抽長的根，它和土地的誓約，就是讓土地更扎實。

近距離地貼近草，那是一種很奇妙的感覺，如此平常無奇的卑微植物，那一刻卻感到它長得與天高，同時聞到陽光炙熱中草急急被蒸散的味道，有點澀，有點甜，更有點土。

沒錯，我清晰地聞到草與土地結合的味道，風在我與草的身上吹過，天空藍得像下過水的天然靛藍染布似的，幾塊雲就跑來湊熱鬧，在空中風裡探看。我身邊有一株高高的草莖，一隻果敢的細小蜘蛛竟然在草莖彎腰的上緣結一個網，網在風中顯得有點不濟，有點破，不過還很堅持，如一支伸向天空探向風中的手，張網的捕手。

那是一支並不怎樣圓滿，和強韌的小網。

但它有何辦法呢？

風相對之下，有點強勁，吹得它搖搖擺擺，也吹得網上那細小蜘蛛宛如只能牢牢抓住自己的網線，不然就得被吹過千山萬水。

在草間，是有各種微小動物，但細小蜘蛛的小網卻似乎不被看上眼，這由一根彎彎草莖構築的小網，那麼細弱，那麼微小，那麼迎風飄搖似的捕手，又能在風中捕捉住什麼食物呢？

至今，我依舊毫不懷疑這支由野草與蜘蛛合力組裝的捕手的能耐，除了捕捉小昆蟲，它還能捕捉天空，捕捉風，捕捉歲月。

後來，我也用約三十年時光織了類似的一張網，追憶的捕手，有的捕捉到了，但有的從網的縫隙中漏掉了。

野生

曾經我終年尋訪記錄一年四季變化的小山，那幾乎杳無人跡的野徑，如今安好？

所謂的野，又如何？我發現在更多的三十多年前，小山應該曾經是一個小型農場，因為有種過玉米的痕跡，因為有種過竹筍的痕跡，因為有人工小溪的痕跡，甚至有荒煙青苔微小土地公廟的痕跡，不知何因，人們退出，荒野進入，包括這龍葵，除了那入山口門禁不嚴的老管理員，看也不看我一眼，還顧守著破落的小警衛室，但所有的野花野草都早已偷偷溜進山區，早已占領視野了。

老管理員一樣看也不看一眼。

雲，就公然大膽的夾著四季闖進，而風，走過那缺了門少了窗的破落警衛室時，還會停歇一下，看看雲跟上了沒有。

所有的野鳥更是野到根本不瞧老管理員一眼，總在破落警衛室的破舊屋頂上的野生植物中來來去去，打盹，或嬉鬧，都不必打聲招呼，因為牠們知道，警衛室只是擺設，老管理員久久才上山出現一回，吃完簡單的午餐後，沒事，就又下山去了。

下一回，何時再見到老管理員，不曉得。

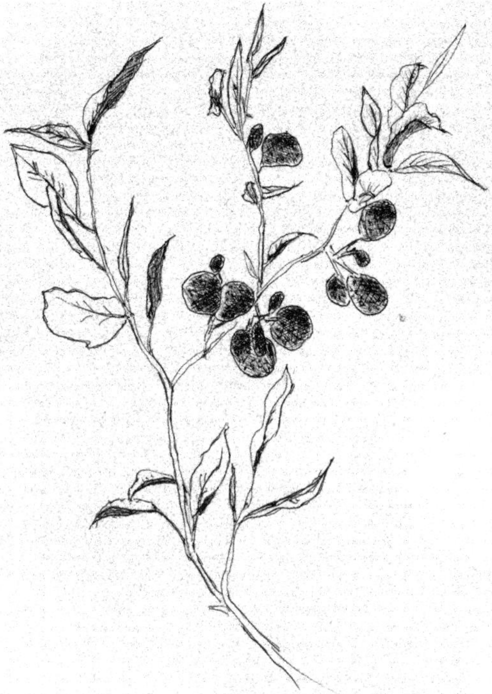

可是，我其實很羨慕那老管理員，如果願意，他可以整日與所有的野生為伍，野生也會認為他也是野生的吧。那曾經是我的夢想。

話說回來，老管理員他看管的是土地，不是野花野草如龍葵，和我。

因此，龍葵就也到在警衛室前後，在小山各處也能偶見，完全不將老管理員看在眼裡。

我發現龍葵數量雖少，卻也在野徑偶爾可見，它發黑發亮飽滿的小果實有點誘人，但引誘不了野鳥，和我，然則它卻是荒野的代表。好像有了龍葵，荒野才有了真正的野性。

我判斷一處荒野野不野，野生的龍葵那果實就會指點我。

不明

我喜歡獨行。

在荒野獨行。

曾經如此，還樂此不疲。

因為，會出現不明的天候變化，不明的飄動捕鳥網，不明的老鷹追逐姿勢，不明的白鼻心吼叫聲，不明的老舊鐵夾陷阱，不明的幼小貓頭鷹背影，不明的密林中隱藏破敗鳥巢，不明的新出現小徑，不明的廢棄且長滿青苔小土地公廟，不明的竄進竄出竹雞啼叫，不明的為生計奔波灰背松鼠，不明的山谷對面林子裡槍聲，不明的遊蕩野狗，不明的幽暗雜亂竹林，不明的行蹤迷離八色鳥，以及不明的路邊野花草。

尤其是不明的路邊野花草，曾經的那本厚厚花草圖鑑，我只拿來藉由辨認名字，而不詳讀內容。因為我更喜歡蹲下身，去印記各種枝葉花果細節，姿勢，色調，結構，與棲生環境關係。

但後來，我還是經常會忘卻它們的名字，只記得它們的味道，後來，花草圖鑑也不知去處了，連味道也在嗅覺中變淡了，甚至消失了。

因為，我離開了荒野。

理由很難說清楚，就像獨行，可以讓思考在寂寞中醞釀，可以讓觀察

在沉靜中明晰，可以讓紀錄在孤獨中積澱，在獨行中可以想像任何風吹草動的秘密，或意圖，如此的追逐與想念過程卻往往不具體的，但更有那種預期發現某些秘密的吸引力。

彼時，也許是對荒野的觀察記錄已告一段落吧，所以暫時將整個荒野收拾起來裝在心中，裝在行囊裡，然後帶去城市和記憶的流浪中。這一帶一去，就超過三十年。

像不明的荒野路邊野花草，忘了名字，忘了味道，卻知道它們還深深滋長在城市中記憶裡一樣，不明，不明地牢牢占據一角。

晃蕩

三十多年前，除了上下班的時間，我幾乎將絕多數的光陰奉獻給晃蕩。在荒野中晃蕩。

晃蕩是什麼？

晃蕩，就像是小孩沒遊玩的地方，可是當他找到一處心愛且足供晃蕩的私有地方時，可以自在遊玩的一切，去觸摸，去觀察，去嗅聞，去冒險，去領悟，以及去記錄的地方。只不過，我在這晃蕩的動靜中，選擇了荒野的野鳥與四季的關係地觀察記錄，有幸獲得吳三連散文獎，和中國時報散文甄選獎、吳魯芹散文獎等等，以及花十數年寫了幾本自然生態的書。

那十數年，我用許多許多時光在荒野中晃蕩。

那，就像我在荒野晃蕩中遇見的那隻野狗。

那隻野狗，也在晃蕩，無聊似的晃蕩。但我知道，牠絕不是在晃蕩，因為牠一點也不觀察草木，不觀察時序，不觀察風雨，不觀察土地，也不觀察我，牠晃蕩晃蕩地好像裝成無事一樣，在荒野的路徑間出沒。

一隻流浪野狗，出沒在荒野中，會幹什麼事？找食。牠在晃蕩中找食，也許在城市裡已經沒有牠的食物了，所以牠只能流浪到荒野的路徑間試試運氣。而從我的長期觀察中判斷，牠已能在荒野的晃蕩中生活下來。

牠的食物有可能兩個來源，第一，自找，第二，有人提供。

對牠來說，或許對每一隻所謂的野狗來說，在荒野中自找食物，都絕不會是容易的事，而如果有人提供一點殘羹剩飯，那就容易得多了。而有人提供食物的，我猜測，就唯有那入山路口的已廢棄許多破舊許多警衛室的老管理員了。

不知為何，這荒山荒野已荒廢多時，為何那老管理員還守著它，問也不問看也不看地而任由我，那野狗，還可能是獵人自由進出。但那荒野在很久很久很久以前，可能是牠祖先的棲生地，但後來已不是了。那麼牠，當時的牠的祖先就那樣晃蕩晃蕩地在荒野中過活，餐風宿雨，與披星戴月？

我猜，我在牠的眼中，或許也是荒野中的晃蕩份子吧。

晃蕩，對我來說，是一種觀察記錄，但對牠而言，是找食的現實。

我有時會見牠從草叢裡鑽出來，但我始終找不到牠鑽入草叢裡的原因。這荒野也存在許多自然秘密，我一時或最終也找不到的答案。

所以，這就是真正值得探索觀察的秘密荒野。

這，也就是我過去鍾愛在荒野中晃蕩的原因，與幸福。

古老

一個人如探險一樣，走在荒野的樹林中會是何種感覺，和想像。

因為有蕨類的出現，因此我總以為那座樹林是古老的，和泥盆紀一樣久遠。

在那個植物大盛行的時代，龐巨大量蕨類植物統領著所有的森林，這些蕨類森林統治整個地球，如今它們的一些種類雖然還殘留在我們荒野中，但迴異於一般植物的外觀，彷彿不曾進化一樣，總讓人想像那久遠的泥盆紀。

它們藏匿在那曾被我喻為野鳥新樂園的荒野樹林中，像潛伏守望獵取路過獵物的恐龍銳利眼睛，在每一個溪溝，岩壁，沼澤，草木的暗處窺視著，只要我願意，我就能在任何一個坡地樹林的轉彎背後，發現它們的存在。

但它們如今與無數的後來進化的植物混在一起，它們只是幸運地活下來了，按照自己的活法活著，不管他人瞭不瞭解。

既然，這些古老的蕨類植物已能適應千萬年來的各種氣候變化，與優勝劣敗的物競天擇，生命力的韌性恐怕也非其他野生植物能夠比擬了。

在荒野樹林的陰暗處，與那一年，我經常獨自一路尋找竹雞在蕨蘚叢聚，與雜木草叢的結合部深處那斷斷續續的野性十足叫聲，總期望有新發現，甚至我永遠無法肯定在那不知歲月的古老樹林裡，一邊輕手輕足地走，一邊眼耳觸及四面八方，會預期發現什麼意外驚喜。

古老，總是如斑駁歲月殘跡，但充滿尋訪的情趣。

我在那裡東鑽西闖，不破壞任何古老的歲月，與野性，如一隻愛探險的貓，好奇，躡手躡足。

樹林的樹齡或許不是古老的，但山地是，風是，雲是，陰晴是，空氣是，時光是，野性是。

當時我是一個年輕的探險者，只探險這看似古老的山地，樹林，它們都在我之前的之前就存在了，如果沒人為的侵入與破壞，它們應該看起來更古老野性，像蕨類般繼續活下去。

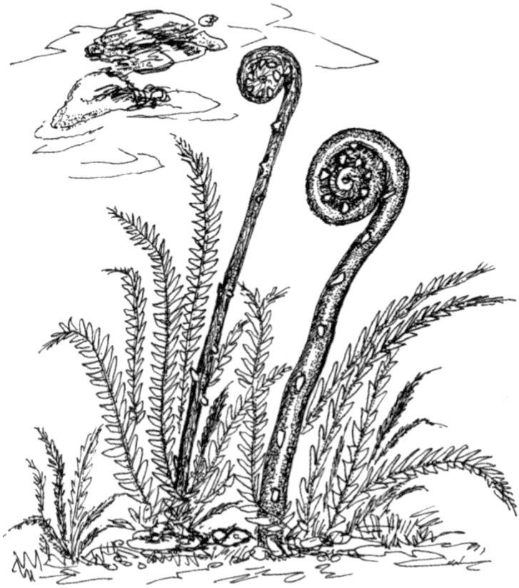

讓我坐下來，喝一口水，喘一口氣，看看古老的山勢，聽聽古老山鳥叫聲，嚐嚐古老野果的滋味。

接著，繼續沿著野徑走下去，兩旁有蕨類探頭，汗水在頸部發愁，而走走停停，只為了找尋一點自己可以做到的野地工作。

風看著我，雲看著我，我獨自行走，探路，一切都非我盡頭。

但探險的心緒，和舉動是必要的，因為我怕驚醒這看似古老樹林，驚醒隱藏在蕨類植物背後的每一雙可能古老的眼睛。

黏人

不論是哪個季節，不論是否颳風下雨，我都會以探險的心走入荒野。

那時，我以一整年的所有假日時間，一個人在荒野中獨行，走走停停，停停看看。

若是我可以停下腳步，那就隨地蹲下來，各種野草在腳邊肆意擴展領地，也被我的雙腳不經意的蹂躪，它們從不言語，也沒異議，更不反抗，像一個個憨厚的農村人。野鳥是我當時觀察記錄的主角，野草不是。

它們生活自己的方式，從生死到擴展領地，從不在乎他人的眼光，與褒貶，好像這世界有了它們也不多，沒了它們也不少。不過，世界有了它們卻美麗多了，只有人們無所謂。

我知道的那塊荒野，它們一樣如此活著，生死由天一樣過日子，用自己的方式延續生命後代，靜靜的，默默地在有風的日子裡將種子散播出去，沒有風，就是黏人。

我是其中稀罕到荒野的人，一年四季中見不到幾人會出現。誰也不願，不會，不肯，不知到這荒野，更不喜被黏人。

其中，有些植物很黏人，不黏人時，只有黏偶爾經過的野狗或白鼻心或落地的野鳥身上，若是沒這些機會，有風也沒用，飛不遠，落下，也會被其他野草植物埋沒。這樣，它們還是靜靜的，默默的，不言語，沒異議，不反抗，一副生死由命的樂天。

它們知道，有的是機會。

等待，就是最好的機會。

我一直很願意蹲下來，屈膝看看它們等待的模樣，它們其實都隨時準備好了，準備好出發了，所以成熟地長成黏人那樣子，引頸翹盼。

在它們前面，在風的前面，甚至在褲管走過所經歷的前面，就是它們的世界，與未來。

我的褲角也只是無心，或無意間幫了它們一把而已。

它們就很黏人地黏在褲腳，不放，直到我有點疲憊，煩悶的硬是取下，丟在荒野地上，如它們所願，時間一到，活下來繼續黏人。

我跟它們一樣，在荒野中，我只能等待，其他什麼事都不能做，我等的是野鳥行蹤，風的行蹤，四季的行蹤，因為它們都在變化，我只能像一個旁觀者似的一旁觀察記錄，而不介入。

如果介入了，在野草叢生的那一瞬間，我的褲腳就會成為黏人植物機會主義的成就對象，我願意走遠一點，讓它們更有擴張領地的機會。如此的介入，並非絕對刻意，和干擾。它們，黏人野草植物，或許它們天生就喜歡黏人，刻意黏人，樂於黏人。

誰又不黏呢？

我黏的是荒野。

有家

蛙，喜歡姑婆芋。
蛙，也喜歡一支大傘。
所以，我總覺得蛙有一支大傘的家。
有了家，蛙就會長期住下來，在大傘的底下，那裡是安全陰涼的居所。

蛙並不喜歡大太陽，因為那對牠的皮膚不好，也可能有害小命。太陽的光亮，並非人人喜歡，樂見，有人就傾向不適見到陽光，躲在其中，就覺得安全，隱密多了。

這支大傘，是姑婆芋，來自南美的植物，在潮濕的地方生長。潮濕，也是蛙的所愛。

但荒野中，蛙的數量似乎並不多，似乎比姑婆芋的數量還少。

姑婆芋大量繁殖時，總在雨後，這時的濕潤才是蛙最佳露臉的時機，在大大如大傘的姑婆芋葉片下，或上，靜默地享受牠不知多少時日以來的枯燥煩悶，這時有了大葉姑婆芋的保護傘，也就可以大膽看看雨後世界了。

誰會對蛙感興趣？

野鳥們應該還在對雨後的世界感到興奮吧，因為蟲子大餐更豐盛了，更吸引了。蛙比許多蟲子更難搞，因此，誰也不在乎蛙有多重見天日般的欣喜，也不在乎蛙有多肥美。

再說，即便蛙在荒野中是稀缺的美食，小野鳥只能望而卻步，奈何不了蛙。

所以，通常蛙可以很有自信地在緊急情況中迅速躲藏到姑婆芋傘下。牠應該不會離開自己的家園太遠。

流浪，對蛙來說，太奢侈了，也太難以想像了。

但即便是流浪，蛙還會有多少期待，或夢想？

其實，我們才是流浪者，或許只為了一個家，或不是，或許只為了一個夢想，或不是，然則我們心並不安定，或不是。總之，即便宅在家裡，

心也往外的網路上跑。
我們都想由流浪中創造出一個不需再流浪的家園，比如桃花源。
而這荒野就是桃花源，野生動植物的桃花源，也是風的四季的桃花源。
所有的蛙，也是這麼想的吧。
姑婆芋站在山麓的小道上開放，殘留的雨水在當初落下時，已將蛙的大門敲開了，如今就算乾燥了，落滿灰塵，它還是能甘願為蛙與牠的桃花源遮風擋雨，阻太陽，這很好。
有桃花源，有家的，都會很好。
既使那只是一片人煙罕至的荒野，也會很好。
誰不喜歡？

山路

有山，就有山路。

有山，但不一定沒有人煙，因為人煙是人生成的，山路也是人走出來的。

那山路並不寬，一邊是山麓，長滿各種雜樹，我能叫出名字的，和不能叫出名字的，但絕對沒有果樹，而另一邊是對著山勢邊坡，野草叢生，也是我能叫出名字的，和不能叫出名字的，中間的山路隨著山腰而走。

曾經有人告訴我，那一條山路可以通到另一個遠處山頭的另一邊，彎彎曲曲。所以，我的望遠鏡，能隱約眺望到山巒樹林上，那高高得遠遠的隱約樓宇。

因此，荒野的山路應該到彼處為止吧。

我不曾試著將山路走完，因為走著走著就到了盡頭，我有點害怕見到山下的城市，或是沿著山勢而坐落的樓宇。

有城市，或樓宇的地方都會侵入荒野。荒野就不再荒野。

我盡量不再接近那地方，只在還接近荒野的荒野之地流連。那裡，我可以和所有野地的野性，一起遠眺城市，樓宇，我們像是局外人一樣。總之，我還是不想那樣走到盡頭，那有一種逐漸被城市侵犯的異樣感覺。那時候，我只想一個人待在野地，離城市越遠越好，如果能走路可達，再遠，會進入野地，也一個人尋路而去。

只要荒野的山路荒無人跡也行，偶見的路燈也是荒廢的，並不影響所有野生動植物的生活即可。

不過，我難以確定山路邊的破舊路燈荒廢是長久的，因為據說，以後會有更新的大路，和更多的樓宇會通過進駐這裡，因此有多少荒野變成山城，不得而知。

人們認為，住在山城多好。但每一隻山鳥，和一株野樹都不這麼認為。

因為，山鳥和野樹都無法與人抗衡。

我樂見，包括這一條沿著山腰而被最早開出來的山路，石子滿佈，落雨時泥濘難行，除了我，和一位偶爾出現的獵鳥人之外，沒人會經過這裡。

小彎嘴畫眉會成群由一側密密矮樹叢或竹林中，探頭探腦地探看一下動靜，然後掠過山路，闖入另一側的雜樹林中，牠們雙眼綁著黑色眼罩，如四十大盜般飛馳而過，如入無人之境。

運氣好的話，一隻難得一見的白鼻心，或竹雞會疾風似的飛快迅速橫橫竄過山路，腳沾滿泥巴。

那時，我幾乎熟知山路的任何鉅細靡遺，以及沿路的四季。

只是，只要有路，兩旁的風景再好，荒野再野，就早晚會被拓寬，被無數人車進駐，被各式樓宇侵入，老舊荒廢的小路燈也會更換，到時也會遮去滿天的星空。

所以，我珍惜那早已長久破舊荒廢不亮的幾盞路燈，它們在山路上僅

山路

僅是擺設，山鳥與野樹都不需要它們照明，任何一隻草蟲與花也是，我也是。

我只在天暗下來前離開山路，留下來只有不應被干擾的野性世界。

那時，我在想，如果沒有山路出現，也很好。

一切都原本地留給野性的荒野。

相遇

一九九〇年之前，我寫了《人鳥之間》，所以我寫生畫了這張長尾水青蛾的時候，也是在那時，所謂的野鳥新樂園的荒野。

因為距離的歲月遙遠，我都不記得在何時何地和位置，甚至何種氣候與植物之下發現牠的。

但我畫下牠了。

在我的薄薄一本畫冊中，牠，長尾水青蛾出現了。

我當時很快地畫下牠，從此我再也沒遇上牠。

我總覺得，相遇只能遇見有意義的人或物，相遇才有意義。

我在荒野時，能遇見的山鳥無數，不過諸如常見的麻雀，白頭翁……等等的山鳥，我只憑牠們鳴叫即能辨認出牠們的名字，但是有些難得一見的山鳥如竹雞、五色鳥……等等，卻經常在無意中，或等待中相遇時，始感覺一種驚喜，覺得我終於因相遇而得以一見，認識，謀面，這樣的初初相遇的意義，在於先建立起的之後盡可能進一步的相知。在人鳥之間，牠們無須「相知」於我，也無須認識謀面於我，但對我來說，我卻是需要，必要的。

這種意義，對觀察特別重要。

只是對這隻難得一見意義下的長尾水青蛾來說，我的追憶中，除了初次的相遇外，我就無緣再與牠相遇了。

其實，應該說，牠一直都在，牠的族群一直都在。

只是我無緣再相遇罷了。

假使，我要更認識牠，我可以從電腦中獲得許多資料，但如果我想獲得更具意義的話，就會捨棄電腦，自己會在自己的不棄觀察記錄中，讓相遇成為有意義的重要緣分，與資料。

我只依稀記得，牠忽然間的近距離出現，牠就靜靜停留在一片葉子上，好像牠原本就在那裡，不曾離開過一樣。

牠沒動，我卻心跳不已。

我在觀察記錄山鳥時，也會在意當時的天候、蟲子、林木、花草等等

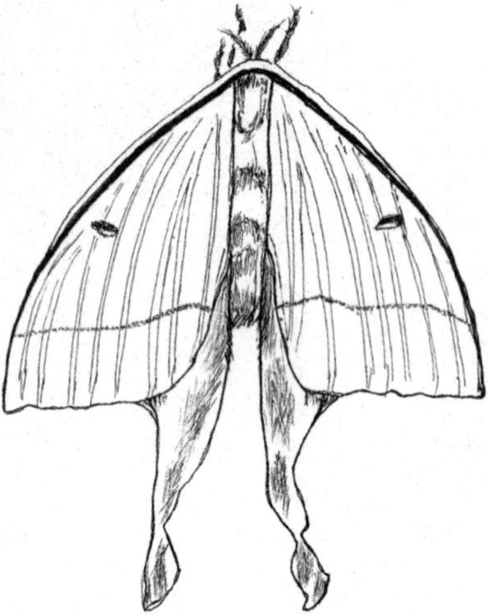

的四季變化，長尾水青蛾對我卻是極其陌生的。

我的相機無法對牠對焦，牠就距離我的鼻子前幾公分，我也無法後退，因為我退無可退，我身後好像是一個灌木叢生的斜坡。

在我努力穩定身子之後，我只能快速取出畫頁和筆。

牠靜靜讓我畫完，我已滿身大汗。

天色開始閉上眼睛，我應該離開了。

荒野，就是這樣，只有我們的相遇，才有意義。

遺忘

慘了，我也遺忘了當初的它了。

遺忘，有時是一件愉快的事，但有時又念起來時，還是不記得，那就慘了，好似做了一件壞事，怕人責怪一樣，那就不太愉快了。

我隨手做寫生時，喜歡畫距離最近的，手邊的小景，一朵花，一枝草，一只蝴蝶，然後收藏起來，心想這樣的手繪小畫日後裝裱起來，可以給自己的書房牆壁當裝飾或開小畫展，也很不錯；也許，當成日後某些文章的插圖也很好，若能出本小書，附上自己手繪的畫作插圖，就更有意思了。

坐在荒野的角落，或路邊時，風是我的朋友，陪著我一整天，它搖著身邊的野草，好像要我也探看它們一眼似的，它們並不比山鳥更值得吸引人，但他們也很重要，跟山鳥一樣重要。

日出和黃昏在照耀它們，或遠離它們時，它們並未離開，即便雨無法直接滋潤它們，它們依然按照自己的能力努力活著。在草葉之上，草莖枝上，開開花，結結仔，看看這世界，等到風來了，雨來了，該老了，該風散雨流了，該凋零了，也就這樣一輩子了。

身邊所及之處，或眼不見之處，都是如此的生活，和死亡。

從來沒有草蟲，或山鳥，或風雨，或日出黃昏，或白雲蒼狗，或人來為此憑弔。它們就如此安靜地來去自如，它們的族群祠堂門匾上或許就寫著「樂天知命」幾個字吧。

我也不是來憑弔的，這些野草自然會有人為它們取名，可是我記了，又忘，我是來探望它們的，想坐下來好好看看它們，只是如此而已。

如果記得它們的名字，下一回，再遇上了，就能較熟稔地打招呼，叫出名字了，這樣親近一點。

不過，我總愛遺忘。

因此，慘了，遺忘了就尷尬了。

也沒人會喜歡見面時被他人遺忘自己的名字吧。

草木自然不會，但我總想，如此的遺忘是我的記憶不行了，讓我缺乏繼續深知下去的理由，或藉口。

荒野是一部超大部頭的百科全書，但我連草木這一科目的知識都不足，能不禁汗顏嗎？

只是曾過目的，總還會有一點印象，這一點印象，就足夠我繼續懷念，和回味了。

其實，還帶一點點興奮，彷若遇見久違老友了，一時叫不出名字，卻一樣雀躍，而莫名。

但遺忘在荒野又是另一回事，我坐下來時，風陪著我，鳥聲啁啾，雲在飄，樹在搖，山不沉默，我坐下來，草莖靜默地與我為伴。

這一切還算美好，它們，我忘了名字的它們，它們還依舊樂天知命。

長蟲

有山，就有草木。

有草木，就有蛇。

在人看不清的草木深處，因為未知，因為不明，所以人們會猜測那裡面會隱藏著蛇，讓人冒冷汗的冷血動物。

我不怕蛇，但我怕牠藏匿的出其不意。

野地中，有這種長蟲並不意外。但我在荒野中遇見的不多。

那一整個夏季，我在荒野的樹林的小徑裡進進出出，那是一條通往山麓間底部的一個荒廢很久的小溪，小溪很淺，但水聲潺潺，小溪上密佈樹蔭，一側還密生著竹林，那顯然是一處人為的竹林，用來採摘竹筍，我發現不知多久以前就有人跡。

黑暗的竹林中有異狀，我越過小溪後未敢再越出太遠，一條長蟲捲曲在竹林下的草叢中，我想，我驚擾到牠了。

那是牠的領地。

附近有溪，會吸引如白鼻心或松鼠等等的小動物，甚至竹雞或體型較大的烏鴉或樹鵲來飲水歇息，因此那是牠最常出沒之地吧。

我在附近林子的一處大石旁也發現一個極小的土地公廟，大石長滿潮濕的苔蘚，土地公廟是由幾塊石子堆疊而成，所以小到只有一個足球般大小，廟已不成形，但隱約能判斷那是一個被廢棄許久的土地公廟。

小廟的天空完全長年被茂密的樹遮掩，又被歲月長久遺忘了，因此處於一種完全廢墟狀的情況，小廟的內外也佈滿厚厚綠色苔蘚，與潮潮的水漬，幾乎將之掩埋在陰暗的時光中，我猜，土地公若還住在裡面，應該也感覺太潮濕了不太舒服吧，即便有山鳥落下來，也會腳一滑溜，引人訕笑。

陽光在這樹林下是止步的。

時光歲月也是。

不過，有長蟲在附近陪著，或許土地公也不寂寞吧。

那裡，早期應該有人住的，所以會有土地公廟，有竹林，但不會有長蟲。

我看見竹林地上留下了廢棄已久的竹簍與鏽蝕嚴重的鐮刀，人已去，韶華已遠，僅留下茂密深沉的竹林，和移民而來的長蟲。

小溪繼續潺潺，竹林繼續囂囂，小廟繼續寂寂，於是我想起有人說過，人類有一種毛病，像是精神勝利法，就喜歡把一些強大或自己恐懼的東西將它反而說得很弱小，以反射出人的強壯偉大，於是會把自己恐懼害怕的蛇說成是長蟲，還會將老虎說成是大蟲，這似乎是一種人的阿Q式精神勝利法。但不論如何，長蟲的稱呼總比蛇不那麼冷冰冰，嚇人的感覺多了。

長蟲，蛇也不喜歡我的出現。

即便出現在牠勢力範圍的領地也不喜歡，但卻很無奈，因此牠悻悻然走了。

我也離開時，我在想，當初的人為何離開土地公，離開自己的竹林呢？

這沒有答案。

這荒野，不需要人們給太多的答案。

爬樹

這是一隻斯文豪氏攀木蜥蜴，很會爬樹，也很會隱身。

在我的野鳥新樂園中隨處可見。

不過有一年，我的工作很失意，生活壓力很大，所以常常一個人騎著機車到城市邊緣的河邊廢棄的公園獨坐。

那荒廢已久河邊公園位在河床中，蔓草叢生，但還留下幾株乏人照料的針葉樹，以及鏽蝕不堪的運動器具，我坐在針葉樹陰影下的半傾倒圓轉盤上，有時乾脆半躺著，看看天，看看遠處橋上的灰濛濛人車，我是河邊公園裡唯一的人，失意的人。

那時想的是，世界如此之大，怎獨獨沒有我容身之地。雲沒回答，蔓草也沒有，風在午後的耳邊只是低沉地吹。

我見不到遠遠的河，但想必很刺眼。

也看不到遠遠的山，那想必很孤獨。

但一隻攀木蜥蜴由針葉樹上毫無聲息地落在我孤寂的頭上，我彈跳起來，一驚慌而隨手一揮，牠慌然跌落在地，慌然逃逸，風一樣消失在一旁蔓草中。

接著第二隻。

又是第三隻。

好像針葉樹上是牠們聚集地，而將我當成是牠們好欺負的對象。

牠們偽裝隱身在樹上，側眼盯著我，半彎著細長的身子，隨時會展開爬樹技能飛身而去似的。

牠們是我最失意時，最會捉弄我的。

牠們在這荒廢公園裡生活很久了，想來族繁不及備載，針葉樹也是荒廢公園周圍空曠乾涸河床數里內僅存的樹了，那是牠們爬樹最佳眺望的高處，如果牠們想看雲，想看看山的話。

我懷疑，牠們喜歡爬樹，是因為喜歡從樹上一躍而下，然後，再爬樹……周而復始。

而當時失意的我，正好是牠們活動筋骨的跳板。

野鳥新樂園的斯文豪氏攀木蜥蜴也很愛爬樹，但更愛待在樹上，因為牠們不知道樹下比空曠的河床複雜的環境裡潛藏多少危機，牠們更謹慎。

樹上有茂密的樹葉保護，牠們只要在樹上爬來爬去就安全多了，那是生活，那是天堂，沒有工作，沒有失意。

野鳥新樂園多的是樹，多的是食物，牠們不必遠眺，不必看雲，不必看山。

最會爬樹的野鳥新樂園攀木蜥蜴，不會捉弄似的跳躍到我頭上，無端端的嚇我一跳。

不過，我還是喜歡牠們。

牠們精於在樹上爬來爬去，顧自生活，很愜意。

也叫人羨慕。

結果

任何季節，在野鳥新樂園中幾乎都會發現結果的情形。

這些果子大小不一，顏色各異，也存在不同的樹上草間，有些是在不同的時間裡形成的，然後又在不同的季節裡留下來，好像它們就只知生長，結果，而不知凋敗，死亡。

它們像市井菜市場裡的攤販，擺著不同販賣的果子，但無所謂經營一樣，任由野鳥採買試吃。

有些果子看起來是去年或上個季節留下的，乾乾扁扁的，沒了水分，但依然閃耀著幾分誘人的顏色，不甘心就此沒人聞問。

有些果子雖小，卻渾圓飽滿，嬌豔欲滴的顏色與外觀，都顯示它們結實累累的生命力，居然能以一種誘惑招來許多野鳥的青睞。

但有些結果的結局，並不是野鳥想像的，它們只是想結果了，在時光中爛掉，落地後傳延後代。這一些的果子，通常有硬硬的外皮。

不論如何，結果的結局都在傳延後代。

有些草和灌木會結果，如樹梅、蛇床子、紅果金粟蘭、紅仔珠、白毛臭牡丹、瑪瑙珠、杜虹花、西番蓮、千金藤……各有姿色，在野鳥新樂園的過去時光中享有各自的美麗生態。

野鳥們比我這凡人更熟悉這些結果的秘密，牠們與生俱來就知道哪些果子可以入口，哪些更可口，哪些會在哪季節裡累累碩果，哪些地方可找到，牠們無所不知，像在傳統菜市場挑水果而經驗老到的主婦。

有些被野鳥們欽點的果子，應該也樂於被享用吧。

有些果子結在高高樹上，我只能乾瞪眼，但小精靈松鼠卻一蹴可幾。

等到果實成熟了，等到爛了，就落地輪到其他蟲子享用。

時間，會決定結果與果子的一切。

而我們，與其他生物只享用一切。

我在野地行走時，經常無意中踩碎許多不見經傳的小果子，有些就糾纏在褲腳，頂多只是為果子的種子帶來一些些可能繁衍後代的順水人情罷了。

我想，任何結果，都會有其目的。

或許，只是提供一種食物而已，也或許只是讓這世界更多采多姿一點而已。

誰會在乎這麼多呢？這野地的結果太多了，經歷的時間也夠長了，它們的結果不過是生命歷程之一罷了。這也一直都存在在生態的循環系統中，不可缺，不論美醜，不論甜苦，不論是否被當成食物，它們存在就一定有作用，或貢獻。

更或許，這一切原本都是天注定的。

愛蝶

清代著名小說家蒲松齡在他的《聊齋誌異》一書中記載：長山王進士嵙生為令時，每聽訟，按律之輕重，罰令納蝶自贖；堂上千百齊放，如風飄碎錦，王乃拍案大笑。一夜夢一女子，衣裳華好，從容而入，曰：「遭君虐政，姊妹多物故。當使君先受風流之小譴耳。」言已化為蝶，迴翔而去。明日，方獨酌署中，忽報直指使至，皇遽而出，閨中戲以素花簪冠上，做老禪忘除之。直指見之，以為不恭，大受訴罵而返。由是罰蝶之令遂止。

按照違法的輕重程度，罰犯人交納蝴蝶來為自己贖罪。這雖然可見王縣令對法律的不解，卻又感覺這蝶迷縣令對犯人不以嚴刑對待而顯出可愛的一面。

這比今日許多法官的恐龍也可愛一百倍。

同時，蒲松齡又藉此故事，以闡述古人對蝴蝶自然生態的觀點，可見古人在生態環保上早已注意到了。

只是，這蝶迷縣令的老婆多此一舉，用簪子插在他頭上的一朵白花也忘記摘了下來了，以致被領導認為他態度不恭，將他狠狠地責罵了一頓。這自然令人莞爾，但卻也讓這蝶迷縣令取消了處罰犯人交納蝴蝶自贖的命令了。

但這無疑亦是美事一樁。

我在野地做觀察記錄時，蝴蝶並非主角。

但牠們的身影，卻不經意會牽動我的視覺，隨之翩翩起舞。

如果是在一定的季節裡，那個老農會在轉角的山麓沒人理會的空地上種滿油菜花，然後在一定的時間中開滿金黃的密密花朵，接著，在一定的時候無數的粉蝶就翩然而至，占據整個天空，如風飄碎錦，與陽光媲美。

蝶影的陽光，陽光似蝶。

我猜，沒人不喜歡蝶吧。

今日如那王縣令者，沒有。

但我猜，那王縣令也算是一位好官了，只愛蝶，而不喜嚴刑，至少會是一個受人愛戴的縣令吧。

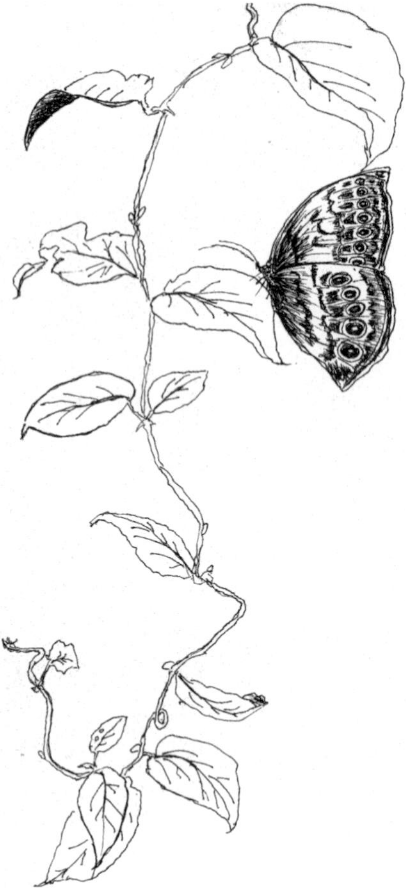

不過，蝶可就不喜歡了，但不喜歡就只能藉夢中警告和現實中的領導懲罰一下罷了。

蝶，只喜歡自由自在。

我見過牠們喜歡在草莖靜靜過夜，如小葉，天明後，陽光曬乾了翅膀後，始緩緩甦醒。

這時，一片蝶影，和無數蝶影一樣吸引人。

那時，我在野地，視覺不追蹤牠們都不行。

也沒人會不喜歡這種身著素衣，或彩衫的小飛仙吧。

牠們，這些小飛仙告訴我，附近會有一些野生花朵，或一些果實，有蜜糖，這世界就如蜜糖一樣，嘗了就翩翩起舞，如小飛仙。

透明

草蟲種類數以萬計而難以牢記，我最頭痛。
所以，我就會自我打趣地只畫身邊見到的。
然而，草蟲都吸引我，因為牠們幾乎都有透明的翅膀。
因為透明，所以輕靈吧。
牠們符合不動如山，其疾如風的昆蟲特性，因此我往往有機會和時間仔細觀察牠們。

一對透明輕靈且薄巧的飛翼，如輕紗披風，卻又似剛敏飄逸，較之野鳥羽翼卻更巧奪天工。

這世間若有隱形之翼，那草蟲的透明之翼絕對當仁不讓。

老天為何有如此傑作，我不知道，但草蟲的身段卻告訴我，只有擁有這種透明輕靈如隱形的雙翼，才能讓牠們看似圓滾滾的身材在風中來去自如，甚至停止。

牠們都顯得安靜，尤其在雙翼在草間葉上，歇息，收起時，我才能近距離觀察牠們，一旦有風吹草動，我的呼吸急促一點，都會驚擾到牠們。

牠們只需輕輕抖動透明雙翼，就輕而易舉地從葉片上，從視覺上逃逸而去，而我卻聽不到任何翅膀發出的輕微聲響。行蹤上，牠們幾乎無所不在，翻開石頭或葉片，以及穿過草叢，撥開林子，透明的雙翼立刻可見，或不可見之處瞬間出現，或消失，牠們不太喜歡接近人，野地是牠們的家園。

而絕大部分的草蟲，我叫不出名字。因此，我過去一直想日後就去購買一本草蟲的圖鑑，去記住牠們，一如我在需要時去辨識陌生的野鳥。

有人說，牠們的長相醜陋。

我想，是牠們都穿戴一身怪異盔甲的原因吧。

再加上背後透明的披風，牠們讓人覺得出沒無常，有的會出沒在屋裡，有的會出沒在身上，有的更會螫人，或令人不舒服。

不過，牠們並非與生俱來就討人喜歡的，所以牠們寧可選擇在野地的荒野中生活。

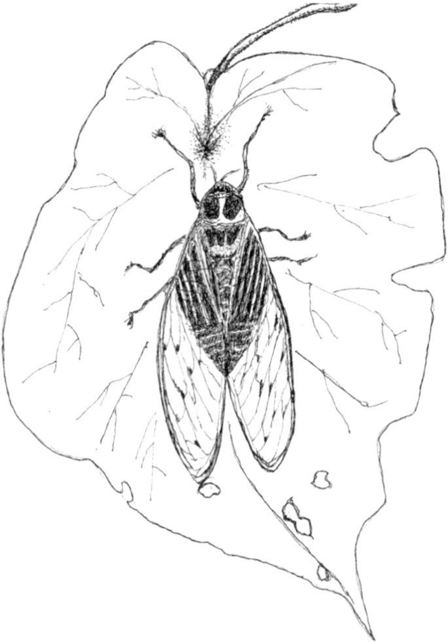

我坐下來歇息時，經常發現有草蟲由身邊經過，通常牠們並不理會人，也不會主動攻擊人，牠們只喜歡在受到干擾時拍拍透明的雙翼，自行離去。

如果，我只是善意地想畫下牠們的身影，牠們也會收起透明的雙翼，安靜等待，表示無意見。

這時我知道了，老天給牠們一雙透明的翅膀，是想讓人見識到牠們翼下美麗完整的盔甲，那都是一副副自然天成，精美無瑕的身段工藝設計。

老天對大自然很公平，過於弱小的，就賦予牠們自我保護的盔甲，往往附加一對透明的翅膀，就算無法抵禦外敵，也能逃之夭夭，保命。

透明，是一種上天對小生命的美意。

過溪

如果，我沿著山麓找到一條山徑，往下，穿過雜木林，就能彎彎曲曲地順勢滑下山麓，抵達一條很細的小溪。

雜木林的兩旁樹林中，有的是白頭翁的巢，有些破舊了，毀損了，有些被掩飾得很好，茂密的樹葉沒人整修，更是築巢的絕佳家園。那裡面，也經常傳來竹雞的啼叫，但我總枯待隱藏多時後，依舊悻悻而回。小溪上這一大片山麓雜木林，應該還藏有白鼻心的家。

那一年夏天，我下到小溪前停下腳步，我發現雜木林有異響後更有灰影閃動，接著一個圓滾滾的灰影在不遠的密密林木枝頭上晃動一下，直覺上，我一眼就判斷出那是一隻幼小的貓頭鷹雛鳥。

為了更確定所見，我向前踏出一步，那是接近斜坡了，所以啪的一聲，地上一根枯枝應聲折斷，牠卻受驚似的咕嚕一聲跌下枝頭，不見。

那可是一大片雜木與灌木叢與草叢的斜坡啊。牠生死不明。

那也是我過溪前遭遇的一大觀察記錄野鳥憾事。

而小溪也不過是一條野溪，一條沒人會光臨的小溪，至少我來尋訪之前，沒多少人會光臨。

不過，小溪上依舊有前人搭起了小棧橋，小棧橋是由幾片不規則廢棄的雜木板結合釘住的，木板下用兩根木頭接應撐著，就這樣，小溪有了小橋。但看起來，年久失修了，過橋時搖搖晃晃，隨時會應聲折斷，而且上面布滿青苔，我猜連行事小心翼翼的白鼻心在通過時，都不願戰戰兢兢在上面多待一會兒吧。

但我願意小心翼翼地坐在小橋上，雙腳泡在小溪中，那是一種異樣幸福的感覺，因為附近鳥聲啁啾，樹蔭如蓋，那麼誰又有先見之明就在先前就搭好了這簡陋的小棧橋，又有誰如我，突發閒適之心，顫危危獨坐在危橋上，雙腳泡在清冷的溪水裡，故作瀟灑幸福呢？

溪水很清，溪床很淺，兩岸其實很近，但還是有人架起看似多餘的木棧橋，拼湊的，卻很有意思。

其實，如此的野溪，幾步路就涉水而過了，但我和歲月就喜歡坐在橋

上，危危顫顫的，很有意思。

溪水緩緩向山下蜿蜒流去，多少時光了，沒人知曉，我猜也沒人在乎。

當初架橋，又捨棄橋的人，如今安在？

但怎麼說，那幾乎是一大片荒野的野地，難道在荒野之前，有人如神仙一樣在附近過著孤獨山林的神仙生活？

所以，有沒有過溪又有何區別？

過溪了，不過溪了，也都是一種行走，一種生活。

只是我在小棧橋上坐下來，腳在小溪裡，橋在兩端。

乘風

野鳥新樂園在過去的天空有鷹，是一件平凡的事。

不過，牠們一向志在天空，而山谷的天空是牠們巡視的範圍。

牠們被視為高傲高尚的鳥，就因為牠們擁有天空，而且不像地面的麻雀等野鳥那般成群聒噪。人們偏好誇獎高傲高尚，而且強大的對象。

鷹，就熱衷於乘風高飛，與攻擊。這種強者，人們的本性中就彷若隱藏類似的基因，所以對強者臣服屈膝，對弱者反而冷眼欺凌。

對自然界中的鷹，我沒強弱之分，牠們在我眼中只是野鳥中的一種，一種大型的野鳥，大型的鷹而已。牠們只是依照自己的討生活方式生存罷了，是自然生態中的一環。

人也是，只不過還自詡為最強者，征服其他生靈自居而已。

而我喜歡面對自然，更喜於面對人們眼中的強者鷹，自然的鷹比人更可愛多了。

野鳥新樂園山谷裡有多少鷹，我從未細數過。自然環境會對牠們細數的。

但我知道山谷似乎有個小小潟湖，有時會消失的潟湖，那裡，也是牠們活動的範圍。小型魚是潟湖中的常客，鷹常去拜訪。

牠們藉用較寬大的翅膀輔助利爪捕食，和巡視山谷，看起來在野鳥新樂園中，牠們確是最大的飛禽，天空的霸主。

有一回，我觀察到牠們面對空中更強者時，弱者在天空中會張開雙翼，同時左右上下擺晃動翅膀，以示弱，以示沒有攻擊或侵入之意，這讓我想起所有的飛機在進入他國領空時，面對對方迎戰或迎接的戰機時，也表現出同樣搖擺雙翼的無意冒犯，或和平象徵的飛行姿態，這不就是學自鷹的互動飛行行為默契嗎？

人們有多少高傲高尚的創見，其實大多來自模仿自然界的其他生靈行為？

鷹，並不在意翅膀如何飛，而在意有沒風借力。

因此，乘風才是鷹飛的力量，而山谷裡只需要一點點風，就能將鷹托

向天空，讓牠在大翅膀的威風中，飛得更高一點，看得更遠一點。

這樣，整個山谷，整個四季，整個邊界，都是牠們巡視的領地範圍。

比人好許多的，是鷹總是離人遠遠的。

有鷹之處，就會有山，有樹林，有風，有野性，遠離人群。

牠們也會告訴我們，只有鷹飛，才有野性的天空。

我仰望，牠們的存在才是幸福的，縱使只是眼睛看了，也有想飛的快感。

光憑這點，鷹飛就該享有整片天空。

再說，即便牠們的族群越來越少了，牠們一樣是人們心目中高傲高尚的族群，也是比人更好的高傲高尚的族群。

這點，人總是尚未學會。

懷念

二〇二二年夏季，七月的第一周，周末，有人告訴我隔壁廢棄工廠的圍牆裡發現一個白頭翁鳥窩。

我們拉把凳子踮起腳探頭觀察，果然有一窩三隻小雛鳥，張嘴，待哺。

我撥開一株約兩米高的血桐茂密葉子，發現它。會發現鳥窩是因為經常見到有白頭翁往裡面鑽，而小雛鳥的叫聲與白頭翁父母的啼叫連成熱鬧的聲響而引來注意。

血桐的葉子皆比臉寬大，一片覆蓋一片，形成一個半圓形如具備一些鎧甲片的大鎧甲模樣，遮風擋雨抗烈陽都非問題，再加上血桐位於廢棄工廠的高牆和圍牆之間，更隱密，儘管圍牆外人車鼎沸，卻一點也不影響白頭翁將巢築在這安全的隱密處。

我警告發現的人，絕不能破壞，我隔天帶相機拍幾張照。但次日一早，現場，我卻赫然發現掛著鳥巢的那支枝葉，竟一夜之間即被人硬生生從中折彎，傾倒在地上，巢內的小雛鳥不知去向。

這顯然是人為慘案。這一天我心情很糟。

當時我立刻懷念起發現鳥巢當日傍晚，白頭翁父母為了護衛家園和小雛鳥，在漫長的半個時辰內是如何一而再，再而三翻上飛下來來回回全力逐退不斷前來侵犯家園其他白頭翁攻勢的。那是我見過白頭翁之間最激烈交戰的攻防了。

不過，這一切都寂靜下來了。

一早，傷心的白頭翁父母去而後返在血桐樹附近徘徊，上下尋覓，但牠們的孩子回不來了。血桐鎧甲如蓋的葉子，也無法保護小雛鳥。

從此，沒有白頭翁回到血桐葉子裡。

我也感覺，那株靜默下來的血桐宛若傷心樹。

然則，有些樹的葉子如果有蝴蝶留下赤裸裸的蝶卵，卻是幸運的。小小蝶卵在相對巨大的葉子保護下，幾乎都能順利孵化。

數十年前，我在野鳥新樂園的某個黃昏中曾見過某種葉子上停留五隻吸食樹汁或水漬的小型蝶，附近也有蝶影，可見那種樹葉是如何受到蝴蝶歡迎的，遺憾的是當時我沒留意太多樹的相關細節。

那是一株有著寬大而邊緣略為捲曲葉子的蝴蝶樹。

我根本未曾想過，數十年後的某一天我會再度懷念記下這蝴蝶樹的葉子。

但那會叫什麼葉子名字的樹呢？

記憶真是一種不保險的存儲經驗能力，而且，並無法保證什麼。所有的葉子也無法保證什麼。

但白頭翁父母還是會將巢築在另一株血桐或別的樹的葉子鎧甲中，蝴蝶也是，因為那裡能提供可能最安穩，保全的家園。

黃昏時，血桐與蝴蝶樹的葉子，都會在不同時光和地點裡繼續生長，

遮風擋雨抗烈陽，提供一些可能，或無法保證。
有一天，我還會懷念一些葉子。

油菜

油菜為十字花科蕓薹屬越年生或一年生草本植物，開花時，一片黃油油的亮。

春天時，會單獨一小塊範圍出現在野鳥新樂園的山路轉彎處。

不知是否私有地，但它就是出現在那裡了。有人上山，翻出一點地，播種了，然後在春天陽光一撒落後就開花了，黃潤潤，黃油油的花，簇擁著，或單獨一朵，配著彎彎的綠葉，亭亭玉立，上面配著蝴蝶髮簪。

是的，一些生物科學家告訴我們，油菜能合成一種叫芥酸甘油酯的化合物，在油菜開花和結出油菜籽時，這種物質的合成量會大為增加，並且主要儲存在菜籽的油脂中。而油菜花中黃色的菜粉蝶別多，牠們對這種芥酸甘油酯就特別敏感，因此黃油油油菜花，添上黃油油菜粉蝶，還有黃油油春光，一片黃油油的風景就生動活潑地出現在寂靜的山麓邊。

我喜歡逆著光看它，遠的矇矓的山腰林木，近的發光發黃的油菜田和菜粉蝶，風中，搖曳生姿。

這時，最好似乎晨光中有薄霧，朦朧生輝，每一朵油菜花的髮簪都發亮，上面菜粉蝶造型的薄翼，在微風中上下翻動，有種奇特情境的素雅。

我不排斥這種小範圍的人為種植，只要它不過度破壞山林中的生態。

山中，風裡，飄散著一絲田園般的風味。

想來，野鳥也不會排斥它的存在吧，因為它具誘惑力。

若有山神，更不會摒除一方油菜田吧。

就因為如此，所以這一方與自然野地山林迥異的人為特意開墾的油菜，在無任何一方反對下，也就無意見地留下了。

中國古代將這種油菜稱為蕓薹，東漢時代服虔所撰的《通俗文》中指出，「蕓薹謂之胡菜」。可見這種我們今日常見的油菜，也來自當時的胡邦，它最早種植在當時的所謂「胡、羌、隴、氐」等地，也就是今日青海、甘肅、新疆、內蒙古一帶，後來才逐步在黃河流域和長江流域一帶廣為種植，以後傳播到長江流域一帶廣為種植。而在野鳥新樂園，有人將過去的胡菜，種在這片山林中，卻一點也沒隔閡，至少，菜粉蝶和其他蝴蝶的相

應出現，也自然而然融入了野地呼吸中，誰又會反對呢？

我常路經那山路旁的油菜田時，駐足，多探看，如果春天過了，還是有蝴蝶遊蕩。

我曾花一整年的時間遊蕩在附近野地。

想想，若是餐桌端上一盤油亮亮油菜時，或許，我們可以想像上面曾有蝴蝶先嘗過了，少了化肥的顧慮，所以應該更可口，美味吧。

答案

一年四季，都有芒草，它們堅毅不拔，也發展勢力。

只有在夏秋，不知為何要揮動那飄飄白旗，好像秋天是完全屬於白色一樣。

但它們就如象徵野地，沒了它們，野地就失去一絲荒野似的。

芒草等野草出現在野鳥新樂園野地，更一點也不稀奇。

只有有點插足餘地，它們想來就來，先占地為王，等夏秋時，就開始搖起它們的白旗，在天空中劃定領地。

通往山麓底的小溪，有條不顯眼的山坡小徑，那裡是白鼻心出沒之地，也是芒草劃定的領地之一，只是我不明白，為何芒草就喜歡在小徑兩旁排成一列，如圍起兩旁的圍牆。

我沒答案。

風會有答案嗎？

風將白花花的芒花種子吹過來，就相中剛被拔除或踩踏出小徑新鮮的土，可以先占為贏的機會，立刻採取行動？

土會有答案嗎？

那是一條不知誰走出來的小徑，或許是設置捕獸夾的獵人，芒草深處某地，白鼻心總會誤觸陷阱的，然後天空中會傳來牠無奈的掙扎哀號。

芒草深深，總是成為獵人陷阱的無言幫兇。

在野鳥新樂園中，獵人比種油菜的農人更不利自然。

因此，我過去總得小心翼翼才敢闖入芒草叢中，但面對這條明目張膽的小徑，我不必擔心什麼。

小徑是向下斜去，芒草跟著，通向也是野草遍目的山谷，然後在山腰處慢慢逐漸消逝，所謂的消逝就是被野草淹沒，芒草也在那裡四處征戰，試圖占領整個谷地。

白頭翁愛上芒草，牠們站在上面，隨風上下搖晃擺動，那應該是很舒服的，再說，如有芒花搔癢著牠們肚皮，那更是享受。

我常下了小徑，遇到盡頭，再回頭，不為什麼，只想探看發現什麼。

有時只想看看山谷下的黃昏，或林鳥歸巢。
有時只想有機會就拔除獵人設下的陷阱捕獸夾。
有時只是想走走，聽聽五色鳥的聲音。
這時，耳朵比眼睛更能清楚見到五色鳥，或白鼻心。
我說不上，愛或不愛那兩旁長滿芒草，夏秋揮舞白旗的芒草花的小徑，那純粹是極端的問題。
我不回答，也沒答案。
如同風，如同土，它們面對芒草芒花時，也沒答案一樣。

死去

死去，是一件尋常事。

人若是死去過世了，有人通常會用盡一切人為的隆重，來操辦這件事。

人喜歡如此，人死為大，所以極為隆重。

但在野地，只能入土為安，自然的風化，一點也不隆重，一點也不過度悲傷，一切的去，就如同一切的來，自然，歸去。

一隻小麻雀死去了，不知緣由，不知何時。

我見到牠冰冷的屍體時，仰臥，雙足朝天，胸前有一撮芒草花，就如同抱著溫暖的一條被單死去，死因不詳。

為何抱著一撮芒草花，無解。

大概是牠生前就落在芒草花簇上吧，牠大概喜歡這樣，暖暖的，死去時喜歡暖暖的，然後老死？

我極少見到麻雀如此死去。

有一回，我在河邊公園散步，在一棵水黃皮大樹下見到一隻死去的麻雀，姿勢也是仰臥，沒墓誌銘，也沒任何入殮儀式，一切都顯示牠是自然老死的，然後在第二天，我又前去看牠，但牠消失了。

可能是被其他野狗或野貓吃掉了，那也是一種歸宿。附近的土層沒任何翻動過，所以沒有牠被善心人掩埋的痕跡。

水黃皮的葉子和紫花落滿一地，象徵性的紀念牠的死去。

但抱著一簇芒草花死去的那麻雀，只是孤零零地死去，那一簇芒草花蓋在牠身上，應該讓牠感覺很安慰吧。

我沒用土掩埋牠。

想必牠會滿意自己的死法吧，所以我又何必多此一舉。

在野地，許多生死或許都應視為自然，花自然枯萎，樹自然乾死，風也自然捲曲在路旁而死，有些如白鼻心因誤觸陷阱，不願接受救助，寧可負傷而去，最後也只能曝屍荒野了。

再如，曝屍在風中搖晃鳥網上的野鳥，牠們只能眼睜睜地望著天空，

痛苦且無奈地掙扎死去。

死，是一種方式，但往往不能自己，不能有自己的選擇。

我蹲在秋風中，黃昏的夕照逐漸淪落，野地只剩四處響起的歸鳥啁啾聲，其中麻雀在林中的啼叫最熱切，但再也不會有誰想到抱著芒草花死去的牠吧。

野地山林中的一日，也是世間的一日。

野地山林中的死去，也是塵世的死去。

人的死去再隆重，也不過是一種死去的隆重罷了。

會飛

植物中，許多種子都會飛。

而且飛得很好，很柔美，令人生羨。

比如蒲公英、黑板樹、木棉花、昭和草、馬利筋、黃鵪菜、楊樹、柳樹、楓樹……以及我已久未聽說過且說起過的酸藤，它們多到不勝數，而且一旦見到它們飛行的種子就忘不了。

這就是會飛的種子的魅力，神奇，輕盈，因為它們的飛行種子雖然大小不一，許多種子卻都具有蓬鬆的纖毛，有風的日子裡，它們就見機而動，過起流浪的生活，命定似的，四處飛揚，到處為家。

也些遠，有些近，有些不知去向，有些遠去他鄉。

走了，離家了，也就不再回首。

我曾為了在陽台上招引鳳蝶，而種起幾株馬利筋。

但始終沒招引鳳蝶，可能我住家位處熱鬧城囂中吧，若干馬利筋的花朵開得再棒再喧鬧再錦簇，也不足以將遠方山林的鳳蝶招來吧。

可是幾株馬利筋卻活得很好，自己活得很精彩，除了自行生根繁殖之外，我除了稍稍澆澆水，也沒特別照顧。但一株株就是在陽光風雨中照舊花開多朵，爆出的種子也密密麻麻，好像這些種子並不需要借助任何蝶類的援手播種，就等著風將它們種子附帶的降落傘打開，接著輕輕鬆鬆就是又一株株新的馬利筋即由土裡鑽出來了一樣。

沒錯，也幾乎如此，這些等待飛行的種子具有長長密密細細的叢生纖毛，在包衣爆裂開時，深褐色小種子如小小彎彎扁扁的小舟，上面的長纖毛迎風蓬開，它們如急著如帶著張開降落傘的小舟。在晴日與微風的慫恿下蠢蠢欲動，稍微一不注意時，它們就逐個打開降落傘，一躍而下，但風和晴日中的氣流則將它們高高遠遠托起，跑在風的前面，紛紛出發了。

以前見到飛行種子在眼前飛過時，會想像它到底來是來自何方，但如今我家馬利筋的飛行種子卻由陽台開始，如果風催促得厲害，那麼它們會以成群成隊的夾帶飛行傘的小舟隊伍方式，向四方緩緩輕輕駛去。

從此八方為家，不再歸來。

會飛的纖毛，其實是由風吹送，輕輕的，就凌空而起，千山萬水五千里，風到哪，它們就到哪，我無法留住它們。一旦離花離枝離開包衣，這世界就屬於飛行種子的天下了。

會飛，也真是不錯。

我們沒有翅膀，但希望有，如果沒有，有類似的纖毛也很好。

隨風而去，家的概念要如何詮釋？

會飛，就不應埋沒放棄這難得的超能力。

即便需要風來借力，不過，誰也不願缺席探看這未知的世界的機會。

有飛行纖毛就夠了，若是降落了停下了，就安家落戶吧。

活著

我一直深信，每隻野鳥體內都掛著一只飯鐘。

就像人的生理時鐘一樣，吃飯，睡覺，休息，工作，或是聊天，出遊，與侵入者對抗，選擇新鮮的食物……等等，以及與身俱來的良善，撫育，交際應酬……等等。

不過，我們最常見的是牠們不近人的害羞。

以我過去的觀察記錄，其實我們並不全然了解野鳥的習性，野鳥圖鑑中的描述也並非全部。

我見過一對白頭翁，為了保護家園和三隻雛鳥，不惜使出全力對入侵的其他白頭翁展開我從未見過的反擊打鬥。一開始，是一對一，接著是一對二，緊跟著是二對二，或二對三，其中一隻入侵者被那一對白頭翁其中的雄鳥一路由空中追擊到地面；而遭到嚴厲的撲騰，啄抓，以致只能翅膀與身子緊貼著路面，邊飛著跑著，邊叫著逃著，一副狼狽不堪，就差沒在地上翻滾討饒了。

看似害羞的白頭翁，在護家護子的情急之下，其顯露出的攻擊性，若非親眼所見，我實不敢相信。

這也是我前所未見。

因此，也別對也是害羞的綠繡眼的吃食方式，產生過度溫柔的假象感覺。

我曾在河邊的一回散步中，注意到一群嘰嘰喳喳的綠繡眼由一邊掠過，在經過我面前不久，我正以為我的視線中很快會失去牠們時，牠們的身影已不約而同鑽入附近一樹開花的春天裡。

牠們體內的飯鐘告訴牠們，花朵內隱藏的蜜糖美食正招引著肚子的飢餓，那是一頓豐盛的早餐，而且生理時鐘告訴牠們的小腦袋，如果不敢吃到嘴，那接下來就可能挨餓，或這還得飛行一些路程，始能再度找到足夠填飽肚子的一餐。

吃飯很重要，如同飛行。

一旦飯鐘在體內響了，發出信號了，如果在最安全的時間內，找不到食物，那麼自己是不可能撐太久的。

春風吹拂著花樹，也吹開了花朵蜜糖的特有味道。

這一群綠繡眼看見了，似乎也聞到了，所以牠們很有志一同地都停下來，快速的，各自紛紛找尋自己的早餐，有的已開始享用起來。

不過，爭執似乎發生了。

有若干沒及時爭取到早餐的綠繡眼，卻產生一些騷動，牠們對著隔壁的同伴做出逼迫對方離開的啄擊動作，或是爭食同一朵花裡的蜜糖早餐時，排擠的動作一點也不溫柔。

當野鳥來來去去飛翔時，我們僅見到牠們優雅的飛行能力。

或者牠們停歇時，啼鳴著，而我們自以為是的認定牠們心情愉悅地在唱歌。

牠們是人間，天空的天使。

有著翅膀的小天使。

然則，我們可能只見到牠們外表。

但我們一直不清楚，在牠們的心理時鐘中，有時會因飯鐘而需要填飽肚子，也會做出不溫柔的搶食行為，甚至為了保衛家園和孩子，不惜大打出手，折翼也甘心。

我想了很久，牠們也和人一樣不完美，但活著，像人一樣，也不過是綠繡眼與白頭翁最需要的小小心願而已。

大自然野地中，皆如此。

水岸

如果從住家走到岸邊，大約十來分鐘。

這十來分鐘，通常在日出之前，我下了樓，以最緩慢的腳程，和快速的呼吸，辨別一路已熟悉到閉眼就能順利抵達岸邊的方式，習慣這最清靜自然的清晨。

中間會經過兩處紅綠燈，一個很小的社區公園，一段什麼都賣的中藥和南北貨小店舖區，以及一條老街的路口，再經過一個更小的路邊公園，就會穿過一個堤防式的閘門，過去，就是一個不大的廣場，廣場一側便是一條河流橫過。

我不會在廣場停留太久，那裡會很快出現各種運動的人影，騎專業運動單車的人，並不在乎一條河水，他們只在乎河岸的那條平坦的步道，往前騎就是，風景與日出不是在前後，就是放一旁。他們旨在速度與計時。

另一種人是跑步者，一樣只在乎速度與計時，頂多加上路程。只有我在魚肚白前會光臨水岸，是來觀賞晨間風景的。

其實，眼前水岸都是老風景了，一草一木，一風一水，也可謂瞭若指掌，但我還是走路來了。

不為什麼，只是走走，也是無聊，也心無負擔，所以緊貼著水岸，一旁成排卻無人照料的水黃皮與朱蕉，中間有條會落滿水黃皮種子與花的小路，而水邊會開滿一些野花。

小路很寂靜，朱蕉和水黃皮正好隔開了各種運動者，我可以隨意走走停停，河水悠悠任其漲落，我只在水岸看看躍起翻身的魚，在水光中閃爍，看看一些出水野花，在浮盪水影中搖擺。

河裡小舟，早已隨著這河道的淤塞，及原本有著繁華小碼頭的廢棄，而不再了。

歲月如河，廢棄小碼頭水岸的野花依舊開著，等著，春夏如斯，卻繁華不再。

留在古詩句，留在歷史裡所描繪的風景與詩句再豐盛，再燦爛，也歸

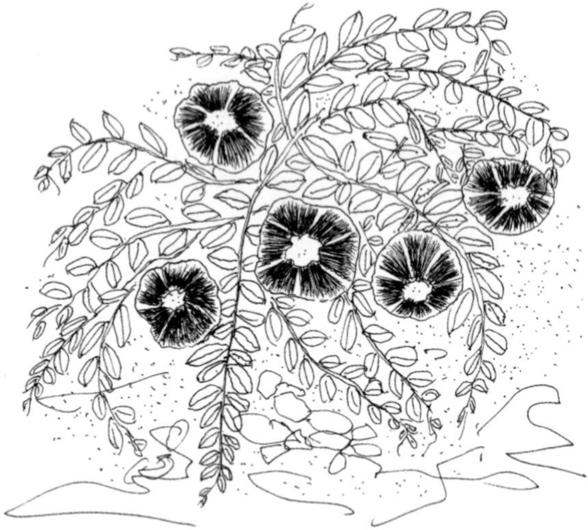

於傳說了。如今，我也只能在吹拂的風中，尋找一些過去的蛛絲馬跡，或許，那才是我頻頻在水岸無心的尋覓的一點私心，和目的吧。

水岸的小路不長，約略只有三百公尺長，有時會出現難得的蜻蜓，小粉蝶只在水岸的野花間出沒，我往往不擅長叫出這些野花的名字，生態。

它們有各種類別，顏色與形狀，好像是歷史歲月的遺物一樣，就守候在那裡，水岸的一側，等人歸來，或期待繁華重現？

我一向喜歡這些水岸野花，即便忘記它們的名字，它們依然在那裡兀自盛放，月起日出，水漲潮落，歲月風華沒落了，但它們並未離開。

它們一代又一代接續下來，潮水和落寞皆不會淹落它們。

水岸，也不過是有一個沒入水中的碼頭，繁盛的只是野花累累，風起時，說不上幾椿風華帆影了。
我，及其所有，皆水岸的過客。

燈塔

好久好久以前，我們租了一條遊艇，在澎湖附近的一些海域小島停靠拍照，與繞行。

小島多數是無人島。

有的只是如凸起的一塊小小陸地罷了，除了裸露的石頭，雲雀和野草，少數天人菊，以及四季不停的海風，什麼也沒有，極目望去，四周的盡頭就是海浪拍岸。

其中一個小島上，就只有一座小小的藍白色相間的燈塔，塔下幾間白色的矮房子，若想踏上燈塔，就得經過矮房子間的幾個台階，視力所及，多是白色，顯眼，耀目，在陽光下更是讓人難以迴避的亮眼。

它們全座落在小島中間的最高處，四周的地勢緩緩向下斜向海邊，我粗略判斷一下，方圓約僅一公里，若是退潮時，也不會顯得更寬廣。

無人，燈塔和矮房子中皆無人，只有幾只躺在燈塔外矮圍牆上曬得不知幾日的乾乾的魚乾，靜靜地繼續享受海風與烈陽的照拂，牠們再也回不去海洋，但守候燈塔的人也不知何時回來，海浪在繼續等待，海風也是，船隻也是。

但坐在石階上，那卻是一個沉思，與看海的好地方，甚至是無聊，也是一個絕佳無聊而能全然放鬆自己的無人島。

我猜想，在夜晚的夜空，繁星一定比燈塔的光更迷人吧。

燈塔的人會在固定時間過來看看。船老大這樣解釋。

你一定很了解這片海域所有的無人島吧。我問他。

他沒回答我，只是黝黑的臉綻放出微笑，說道，等一下我載你們去一個貝殼島的無人島。

這海域還有這船老大不知的嗎？

比如他說不定數過無人島上所有的星星呢，比如他說不定也知道哪裡有美人魚吧，比如他說不定也知道無人島上燈塔所有的故事呢。

我沒問太多，免得他以為我太多嘴。他們在燈塔附近取景拍照，我坐下來，坐在一塊矮矮發燙石頭上寫生，畫下這張燈塔優雅的圖。

很美的燈塔和矮房子，對不對？
但燈塔的大門是上鎖的，其他矮房子也是，我們無緣入內拜訪參觀。
不過，在燈塔外的陰涼石階上坐一會兒，總覺得已勝過仙島三日了。
我有點痴迷欲醉了，甚至覺得有點昏昏欲睡，因為海浪與海風的聲音皆在臉上耳邊細語呢喃，我甚至能遠眺到海岸邊停靠的那遊艇，有節奏地隨著海浪上下左右起伏搖晃。陽光站在船頭，我想閉上眼，卻又捨不得在這無人島上多看一眼。
如果附近有船艘經過，大概都禁不住會在岸邊停泊，下船探看吧。
孤獨的燈塔，孤獨的無人島，總是吸引人船的。
這無人島如上身穿了藍白相間水手T恤的女人，又熱情地在下半身搭上了白色蕾絲浪潮裙子，魚在附近迴游，星月在夜間低首，守護燈塔的

人真是好福氣。

守護燈塔的人會覺得孤獨無聊嗎？

無人認領的乾乾的魚乾只有豔陽和星月，海浪與海風終年的進駐，連船老大都不確定，還會有誰會上岸在乎這些魚乾。

但我相信，飛累疲倦的海鳥會至此歇歇腳，還有一些跟著風隨著雨的長途跋涉的種子，這無人島的燈塔其實並不孤獨。

但我知道，幾乎再也沒機會故地重遊登上這優雅燈塔的無人島了。

剩下的，只有一些腦海的追憶，和這幅小小寫生圖為念了。

仰望

天空是空的，卻也什麼都有。

因此，天空很謙虛。

我們也習慣將夢放在空中，那裡夠遠，也夠近，讓人可以追逐，可能追逐，雖然可能落空，卻也可能落成。

我們也習慣遠眺，比山高一點的是天空，站在山巔上更習慣遠眺，遠眺的又是天空，我們自以為可以站在山巔，比山高，但夢比天空更高。

我則習慣在空曠地面遠眺，看見山，想像我有一天在山中探險，行走，想像三里之內必有芳草，而空中會有飛翔的種子或雀鷹。

有一天，我在墾丁的大草原上，躺下來，風吹過四周的草尖，也吹過我臉頰，我陷入密密的草原地面裡，草中有小蜘蛛結網，迎風捕捉飛掠而過的小蟲，我有一種溫暖的感覺，草的味道破空而來，低低的鑽入鼻子。我用力呼吸，把其他人隔離很遠，其實，其他人只是離我遠遠的又叫又鬧，踩在草原上如在自己的床上。

天很藍，天的一角是山巔，有雀鷹飛過。

空中，給牠們翅膀，牠們可以天涯海角的浪跡，而我見到牠們翻飛，或嘯叫，無所不行。

我完全放鬆躺平在草原中，動也不動，瞇著眼，全心仰望著無瑕的天空。

那一天，我忘了還有其他人在草原上，但不忘有雀鷹在空中安靜掠過。牠們，給天空忘機。

牠們在空中很高，很遠，也很小。越是渺小的，往往離我們很高，很遠，我們構不到，抓不著。

那一天，我像一支躺平的草，暫時不用直挺挺地挺著腰，而在風中歇息一下，空中就在我眼前，我一舉足，就彷若能踏上天空。

雀鷹繼續翻飛盤桓，風則跑開很遠了，我感覺周邊的草隨之俯仰，不知那草間的小蜘蛛網是否有了收獲。

午後空中的陽光慢慢減弱了強度，我記得那是一個最後的夏日，沒有

浪漫，只有風情的翻飛，與飄揚的叫聲，這一切都壓在我躺平的身上，我之上即是天空。

我隻身離開眾人，只想被草原包圍。

然後陷入草群的風中。

有時，逃離現實也很幸福。

我也一直記得，遠遠山巔的山頭如突起的石塊，高聳，寬肩膀，巨人一樣站著，天空，沒雲，晴朗，那山頭就貼在遠遠亮麗的空中，雀鷹在其中穿越。

如果穿越寬闊的草原，就可以抵達那山頭，但我只想在草原中獨自躺平，看鷹，聽風，仰望如孩子的夢。

除了仰望，我只剩下夢。

事件

松鼠很可愛，幾乎沒人不喜歡。

牠們大概是鼠輩中最受人們歡迎的族群，因為牠們總出現在大自然的樹林或草地上，長相憨厚可愛，全身如毛球，與人親近……人們大概可舉出一百個對牠們好感的好理由。

因此，松鼠也幾可列入與人友善的動物之一。

這樣的小動物還有什麼可議之處？

幾年前，我無意中在散步時經過一個社區公園，這社區有三面是公寓，皆十數層高，唯一的一面是開放的出口，公園就位於三面公寓社區的中間。

公園約成長方形，長寬約80公尺×40公尺，公園內花木扶疏，大樹也圍繞著公園，是一個自然化的綠油油老公園了。

許多社區和附近的人家都會到這公園敘舊聊天，那天，我經過時，見到一株大樹半腰有個木造小房子就扎實地擱在粗大的樹幹之間，我不禁好奇，那樹上小房子是誰住的呢？

幾位老太婆一聽我問起此事，話就多了。

原來，這社區公園因為樹木長得茂盛，所以長年吸引許多鳥類如麻雀、白頭翁、綠繡眼，以及紅嘴黑鵯等等聚集安家生子，牠們天天吱吱喳喳熱鬧地啼叫，尤其是晨間更是叫得厲害，結果竟然干擾到許多住戶的睡眠，於是，為了讓這些鳥閉嘴，他們找來里長商量。

這一商量，認定鳥類既然不能撲殺，那麼以生態的方法治理應該可行，沒人會反對。

有人聽說了，鳥怕松鼠。

因此，一致的結論就是找來松鼠幫忙。

里長幫忙買來幾隻松鼠在公園中放生，同時蓋起這一間給松鼠住的小房子，同時還時不時提供一些西瓜或瓜子之類的食物給松鼠充飢解饞，認為這樣侍候牠們，牠們一定可以將社區公園內所有的野鳥都趕走。

只是松鼠並不愛住在那樹上小房子裡，西瓜或瓜子之類的食物也不想吃，牠們只想吃樹上巢裡的鳥蛋，和驅趕成鳥。

同時，松鼠因為有了發揮的餘地，牠們也開始大舉繁殖，以便驅趕更多社區公園中所有惹人清夢的野鳥和吃掉所有的鳥蛋。

結果，不多久，松鼠成群，牠們變成社區公園內大樹的霸主，而原先安家的野鳥也紛紛逃離了，丟下了空巢的家園，和無處可逃的雛鳥。

野鳥沒了，松鼠這人們心目中的可愛小精靈，變成了野鳥的小殺手。

社區公園終於變死寂了。

再也沒有野鳥的早晨叫聲會吵醒社區住戶的睡眠了。

社區公園變成松鼠為患的公園了。

那幾個老太婆說，沒了鳥聲，而松鼠太多了，後來只要有野鳥來，也紛紛被松鼠嚇跑了，我們不知該怎辦。

過。

我沒回答她們，抬起臉，若干松鼠在高高枝椏間的陰暗處一溜煙竄

想抓出相機拍幾張松鼠做資料，卻因牠們飛快地來去自如，東跑西奔

地不知忙些什麼，而讓相機總是功虧一簣。

松鼠不是吃素的。

天色逐漸黯淡，我沒聽見任何鳥聲。

這是一個真實的故事，也是一個活生生的生態事件。

松鼠，在這真實故事中，也成為一個讓人頭痛的事件。

觸角

有人如此解釋觸角，昆蟲頭部的是觸角，比如蝸牛、甲蟲、蝴蝶等。觸鬚只在哺乳類動物裡才有，比如海豹、海獅、狗、貓等只有觸鬚。

所以，觸角是指節肢動物頭上分節的附肢，它具有觸覺和嗅覺功能，是由柄節、梗節和鞭節組成。一般來說，甲殼動物有大小兩對觸角，蜈蚣、馬陸和昆蟲只有一對觸角，不過有昆蟲具多種觸角，如蛾類的羽毛狀觸角、蝶類的球桿狀觸角、蠅類的剛毛狀觸角、白蟻的念珠狀觸角、蜜蜂的膝狀觸角等等。

我覺得，它們很有意思，在互相近距離接觸的時候，往往先以觸角接觸，觸感在這時，似乎就能敏銳地判別對方是同類，或異類，然後做出反應。如果我在野地，以草莖去有意撥弄任何一隻昆蟲的觸角，它們會善意或沒異樣的緩緩以嗅覺來做判斷，然後緩緩爬上草莖，因為草莖在昆蟲絕大部分的環境中都會遇上，熟悉的味道讓牠們不疑有他。

據我的觀察，即便換成手指，只要不帶有異味，牠們通常都能接受，在手指上活動。有一回，我遇上一只虎頭蜂，牠單獨出現，但我還是用視線努力搜索了一下四周的環境。

四周是一個斜坡，斜坡的雜樹林茂密如蓋，我幾乎無法透過橫七豎八的各種枝葉，看清樹蓬，或蜂窩，或見到任何可疑之處。我也聽不到沉悶的空氣中，有蜂群扇動的任何聲響。一切都很安靜，安全。

唯有一絲絲的風，帶著各種植物所散發出來的味道，在熱烈陽光中蒸發。

那是一個夏季，我剛進入野地的範圍不久，也剛以冒險的心緒闖入一條野徑，那野徑通向一片雜樹林，那如同一個我未知的寶藏，至少值得一闖，探看。

但很快的，那只虎頭蜂就出現在我眼前，牠發亮的黃色身軀如馬路十字路口上閃動黃色交通標誌，一下子就警告我別輕易亂動。

牠趴在一塊突起石頭上，兩支粗短卻看似強而有力的觸角，對著我，但我只見到牠半個身子，因為牠的下半身就藏在石頭後面。

縱使如此，我也能看清牠異於一般蜜蜂的身材了，以及牠黃色甲殼外表上，還彷若劃上黑色條紋的蒙面，那像極了格鬥場上，戴著表現出試圖先威嚇震攝對手的老虎條紋面具，是令人產生畏懼的。

而那一對觸角，似乎如偵測器一樣對著我，我的一舉一動，關乎牠是否出擊。

觸角，好像在慢慢，輕輕地轉動，在悶悶不樂的空氣中轉動，我沒動，牠沒動。

我沒應對過虎頭蜂，但牠為何單獨出現在石頭上？是因為石頭上的表面還留有水漬，牠是來飲水的？還是，牠是孤獨的，獨行的？

我沒動，但感覺風在空氣中緩慢流動著，附近的草葉微微晃動著，我的心也是。

難道是我無意中侵入了牠的地盤，或是牠行經的路線了？

我面臨的野地還有多少野蜂呢，我不知道。

夏日下，樹林再密，也無法完全阻擋所有的炙陽，所以被過濾後的碎陽依舊亮閃閃的落下，落在地面，落在我身上，落在牠身上。

未久，牠都沒有任何行動，我也逐漸放下心來。

我開始轉而仔細觀察牠，這是一回在野地能好好窺視虎頭蜂的機會，也是我夢寐以求的。

我在心裡與腦海裡描繪牠，牢牢記住，並且覺得，牠好像也沒攻擊我的意圖，因此我雖然不動而汗流浹背，卻感謝牠給我難得的機會。

風，並未大作，但日照在林子外似乎慢慢黯淡了。

我感覺到，林子也開始躁動起來，歸鳥紛紛回家了。

不知為何，野風很快轉強，吹得樹葉簌簌作響，我忽然想起，也該下山返家了。

風，就這樣吹拂我的衣襟，和背包，以及碎陽，我開始覺得不對勁，牠未免不動太久了。在這不長不短的約十分鐘裡，牠不動，唯獨觸角在動。是風的緣故，我定神去看，往前兩步，那是一只虎頭蜂的不動屍體，風乾的屍體，但外觀依舊與舉止紋風不動，牠看似很久一段時間就枯趴在那裡了。

觸角的風動，讓牠栩栩如生。

林子因牠，也有了一絲威風。

屬水

我喜歡在水岸散步，牠則喜歡在水邊散步。

我想，牠是屬水的。

淡水河邊多泥濘，因此在水邊尋時更需要踩在那發臭的泥濘中，而只為了一條小魚，能果腹的小魚。所以，這不屬於散步。散步，需要具備某種心情，或是無聊。

牠，大白鷺，牠只是不得不在水邊以緩緩，或看似慢條斯理地漫步方式，在水邊找尋一條小魚，果腹而已，還天天如此，風雨如晦，所以，牠屬於水。

牠的行動被視為優雅，因為要在水邊的水光干擾中搜尋魚的蹤跡，也不容易，故只能慢慢來，每一腳踩出去，都怕驚擾了小魚，慢動作似的，這種散步當然不是人們想像中的散步，但在眾多水禽中，牠的捕魚行為在詩人墨客眼中卻不會牽涉到挨餓的肚子，只見到表面的舉止。

印象中，我曾經進入某片山坳處的樹林中，地點不明，也如真似幻，總時不時在我水岸散步遇上大白鷺時隱隱出現，至今仍不記得是在哪個山區。記憶，如會發黃終至完全消失影像的照片，不堪保存。

那片山坳，有大片雜木林，其中竹林占了大部分，密密茂茂，山坳下有一間三合院的傳統紅磚房。大白鷺等就在那樹林上築巢育子，整天哇哇大叫，進進出出，由於牠們細細瘦瘦大長腳很不適合踩在細柔的樹蓬頂部，因此總將樹枝踩得吱吱作響，再混合著雛鳥的叫聲，如此為數眾多的群居生活，就自然形成聲音上的干擾，但那三合院人家似乎無所謂。

人家說，牠們也不過借住三四個月而已。

牠們又飛又叫的，熱鬧異常，把春天整個叫翻了。

我進入樹林後，腳下踩的是破碎的蛋殼，和糞便，那些數不盡的蛋殼，也都是細細瘦瘦大長腳惹得禍，牠們時不時不小心就將自己產下的蛋，從簡陋搭出的巢裡踢下樹。

是啊，那一對細細瘦瘦大長腳，一點也不適合在樹林的樹枝上走來走去，只能優雅似的在較平整的水邊走動，覓食，這就是牠們屬於水的原因吧。

若是三合院附近有個水塘也好，養些小魚，牠們就不必大費周章飛赴遠處的河畔水邊去覓食了。

人家說，牠們有了水，有了魚，更不想走了。

我想，人家說得也是。

大白鷺只能靠自己了，借住總要歸還的，過了春，接近夏的時候，小鳥也長大了，有了大白鷺的壯碩的雛形，有了細細瘦瘦大長腳，展翅，飛到遠處的河畔水邊一點都不是問題，踩在泥濘發臭的水裡覓食也顯優雅。

人家說，牠們走了，屋前屋後都安靜下來了，還真有點捨不得呢。

分別就是想念的開始，沒錯。

大白鷺一旦要生活，要自我照顧了，牠們就會想念水邊，那裡有魚

等等食物果腹與餵養雛鳥，雛鳥一旦長大，就會聞到水邊食物的味道，這是牠們生活。再泥濘再臭的泥濘也得生活下去，裝出一副慢悠悠的閒適模樣，羨煞人。

所以，牠們屬水。

我在水畔散步時，已經理性到不會聯想到那種詩人墨客眼中的牠們優雅舉止了，我想的如何能在風雨如晦的河水中找到一條小魚，生活是多麼艱苦不易啊，水是冷冽是熱燙又如何，今日飽了，明日還得繼續，沒休止。

總之，我至今也沒再想起那片大白鷺生活的山坳在哪，那像夢，忽現又隱。

我在想，我也屬水？

看望

我不喜歡見到樹被砍了，超不喜歡。

那給我無端端悲憫的感覺。

在城市裡，為了美觀而砍樹，為了都市計劃而砍樹，為了道路而砍樹，然後搬來其他的樹，種下，說這樣好看，好像城市就因此而變成會呼吸的大自然了。

人們會為一隻貓或狗的被虐，或被殺起而關注，但很少會為一株樹被砍而關心。

是因為被砍的樹不會發出自己的聲音？

沉默的樹，總是弱勢。

尤其在野地，如果有樹被砍了，就讓我聯想到那掛在山坳處的樹間那輕飄飄的鳥網，令人不由憤慨。

砍樹的人一點也不浪漫，他們大概只見到樹的用途，而不見樹長大的過程。樹長大，不是用來砍的。

但在野地，也會見到被砍的樹，只留下樹頭，一截，孤零零的，只有年輪像眼睛一樣，四周滿滿一圈圈的皺紋，怔怔看望著天，無奈模樣。

我當然知道，或許再過一些時日，歲月和風雨，以及陽光，會讓孤零零的樹頭有重生的機會，它，往往不會那麼容易就被毀滅，但那是另一回事，另一個故事的開始，不過，我也見過不少從此滅亡腐蝕的例子。

想想，若不是人造林，絕多數的樹都是大自然的親手種下來的，可能其中的原因很多，但也許只是為了鳥棲，或讓其他動物和人乘涼。

樹頭都是孤獨的，所以它都對著天看望。

有時看望久的，會有一隻松鼠，或一隻蝴蝶，或一隻瓢蟲，或一片不知哪來的落葉，或一個路過登山客的屁股坐在上面，暫時棲息在樹頭上，那或許可以有點安慰，可以如一張椅子提供坐著歇息一下。

如果天可憐見，那就下一場雨，滋潤滋潤一下怔怔無奈的眼睛，見證還有機會涅槃，再滋長出一葉半枝的新生，不為別的，只為這世界多一棵樹，多一些樹蔭，也多一些氧氣。

世界溫室效應來了，即便多一棵樹，改善的效果不大，但我們眼睛和視覺卻能少了一些溫室效應，這也不錯。於是，我總會聯想到河邊公園，執行者說河邊種樹不易，所以不種，所以整個河邊公園都不適宜室外活動，因為強烈的陽光讓人們不願進到河邊公園去活動，那裡最多的是不用太維護的草皮和空蕩蕩的籃球場。我們的河邊公園沒有樹，沒有太多的樹，雖然沒有樹頭，但不願多種樹，與有被砍的樹頭何異？

所有被砍的樹頭都不說話。

所以，詩人泰戈爾說，森林是大地對諦聽的天宇無止無休的傾訴。那麼，被砍的無奈樹頭呢？

它不說話，或許是一種無言的抗議。所以不論是它或大地抗議了，傾訴了，天宇就會諦聽，否則不會出現溫室效應。

通常，僅存的樹頭了，會有隔壁的野草會依身陪伴，團團圍繞著，讓它不那麼孤獨。風也會過來照看一下，雲也會，四季也會，如果幸運，就會從側面冒出新芽，但要長成大樹可難了。

因此，大部分被砍的樹頭都在痴痴的看望，於是，天總不如樹願，大樹之夢，通常不會發生。

因此，我對發生在野地被砍的樹頭，總是悲觀的多。

野地有了被砍的樹頭，就意味著可能會有更多的樹頭出現，看不看望，也不那麼必要了，因為天宇自然會做出必要的反應。

然後，看望，往後可能變成是人們必要的事了。

流浪

不是有魚的地方，才有貓。

我不養貓，原因無數，其中之一就是食物。

我不想為貓的食物而費心，所以不養貓。

我在野地，見到的都是流浪貓，牠們也似乎都活得很好，因為野地

有的是吃的，貓雖然挑食，但野地的流浪貓卻不致挑食，而且身材苗條適

中，因為活動量更大，對獵捕更用心，這就對許多小動物小昆蟲產生威脅，其中鳥巢更是牠們的美食餐桌。

野地流浪貓我見過不少，但牠們通常不想見到我，一遠遠看到人影，就往樹林草叢裡鑽，不見蹤影。對這種害羞又怕生的流浪貓，我一點辦法也沒有，野地是牠們流浪之所，也幾乎沒有天敵，如果流浪是牠們的宿命，那麼牠們會選擇野地，也不願選擇舊巷子。

其中一隻野地的流浪貓，見到我時，會先停下身子而轉頭看我一眼，如果我繼續行動，牠就會一閃而逝。若是我停下身子，牠就裝出若無其事地沿著小徑路邊走，低頭，像有點心事一樣，其實牠的其中一隻腳壞了，走路有點跛。牠身上有淡淡黃色花紋，不明顯，頭部有較顯目的黑條紋，四肢修長，我猜牠在野地生活很久了。

流浪，對牠來說，應該是每天的事，稀鬆平常的事，在大自然的無拘無束野地中流浪，看雲，聽風，坐雨，喵月，甚至小盹，仰天長睡，應該是流浪的一部分，至於四季歲月，那根本是身外瑣事，不值得一顧。我不知道牠每天幾點起床，早餐吃什麼，但我知道在野地入口的老舊警衛室後面那片山坡地，是牠的最愛。

牠經常在那裡現身，或半躺在半遮掩的植物堆後面，這樣牠隨時可以仰起上半身瞧瞧動靜，也是這樣，牠經常發現我有時用望遠鏡遠遠對著牠。牠對野地和那片山坡地四周太熟了，那可能是牠經常獵捕食物的地方，更何況偶爾牠能聞到那警衛室老管理員丟棄在附近的便當剩飯剩菜，有時換點口味，也有點意思。

有時，我好幾天才見過牠一次。

有時，我會苦澀地猜想，牠會不會出事了。

不過，牠往往在我莫名想念牠時，出現，牠還是一樣跛著腳，但健康。

野地，沒有動保團體，牠也沒人會關注，牠只是孤獨在流浪，今天在這山坡地，明天進那樹林，我不知道牠下不下山。

我不知道牠的命運會如何，但知道牠應該會安樂於流浪，安樂於死亡吧。

野地是牠的家，一整片都是，可是誰也不在乎牠。

後來，我離開那野地後就再也沒見過牠，但繼續流浪就是牠的生命。

流浪，若是心甘情願的，那牠就是豐盛的，甘之若飴。

啼鳴

其實，野鳥的啼鳴並不是單一的聲音，它們有變化，還很多變化。以白頭翁為例，牠的啼鳴遠非平時的啼叫那般單一，至少牠能發出超過五種不同的聲調，可能表達不同的情愫。

有一回，一隻白頭翁在保護自己的巢裡雛鳥與外敵對峙時，竟然能發出一種我從未聽過的啼鳴，我無法形容，牠的音調轉換太快了，而且中間似乎還有抖音似的微妙變化。

接著，在追敵時，還能一邊揮舞著翅膀，及瞬間轉彎或直撲攻擊等不同動作時，有著尖銳短促的啼鳴，配合著一切行動而威脅對方，直到對方脫離牠的追擊範圍，也就是安全保護圈。

我不知道，為了保護自己的雛鳥，白頭翁的安全保護圈是多大，也不知道牠的啼鳴變化代表的是憤怒，或驅逐的叫囂。在人們的面前，牠只能無奈地遠遠一旁靜默，因為人對牠來說，太巨大了，也太危險了，比任何外敵都危險。

其實，幾乎所有的野鳥都不敢與人對抗，頂多會對人的腦袋給予飛撲的啄抓罷了，因為牠會認為人侵犯，威脅到牠的安全保護圈了。

如果外敵是同類，那好辦，任何的啼叫都能讓對方聽得懂，即便是同類而不同種，那啼鳴也能讓對方知所進退。

我曾經花許多年在野鳥觀察上，所以能辨認許多啼叫聲，然後叫出牠們的名字，那是在野地待久了，自然生成的辨識力。

後來，我離開了野地，回到城裡，城裡的野鳥啼鳴變少了，有時還覺得不適應，只好抽空往城市的公園裡走，但公園的植物種類是單調有限的，造成生態鏈的缺乏，所以野鳥種類也寥寥無幾。

城市公園並非欣賞野鳥啼鳴的音樂廳。

城市公園是靜默的，人們並不以為意，可能的原因是因為公園是屬於人的，不是屬於鳥的，所以一切的設計並不考慮野鳥等等的生態。缺乏多樣性野鳥的公園，都是不合格的公園。

野鳥的啼鳴，更不是城市公園主事者或設計者要面對的，他們面對的只有民眾。而民眾只面對公園周邊的地價。這也是我有時急於脫離城市的原因，卻也無可奈何，就如同野鳥在面對外敵時發出的異樣啼鳴，那至多也不過是一種憤怒，或叫囂而已。

其實，野鳥的要求也不多，我發現，只要多一些樹，多一些不同的樹，有一些野鳥就會留下來，把啼鳴也留下來。

我深信，有啼鳴的公園是活的，人是愉悅的。

因為，不論啼鳴要表達的是什麼情愫，在人們耳裡，幾乎都是可以接受的天籟。

反正，不懂的，不解的，不知的各種不同野鳥啼鳴，人們也只能自我滿足地，自我解釋的認定那是悅耳的。

想想，這也好，人們能感到愉悅，自我感覺良好就好。

至於，啼鳴是複雜，或單純，那似乎不是人們關心的，但對野鳥來說，卻是心裡要表達的言語。

另一方面，在野地，那裡生態完整，適合各種動植物等等的生存，所有野鳥的啼鳴就彷若變得單純些。

那裡，自然也有紛爭，但也同時具有迴避的空間。

那裡，牠們也有族群，用簡單的啼鳴保護彼此，即便是孤家寡人，也可能透過各種方式保衛自己。

那裡，牠們透過彼此的啼鳴呼喚，辨認自己或同類的位置，或是獲得其他環境資訊。

啼鳴，並不意味我們自覺的愉快歌聲，它可能有更多人們無法意會，和讀懂的表達。

在野鳥的世界裡，我已進入牠們的領域，但我依然無法進入牠們啼鳴的內心世界，和意義，但不論如何，牠們早已透過不同啼鳴而傳遍整個野地了。

無論如何，牠們的啼鳴讓野地活了起來。

野地活了，人與這世界也不致太孤單。

叫蟲

許多年以前，看過一個不知是真是假的故事讓我一直記得：

英國科學家，進化論的奠基人查爾斯．羅伯特．達爾文（一八〇九年至一八八二年）有一天到一位隱居鄉間的老友家作客。

老友的兩個孩子蓄意趁機戲弄一下這位名聲顯赫的科學家。

所以，孩子們在室外捕捉了一隻蝴蝶，一隻蚱蜢，一隻甲蟲，一條蜈蚣，然後取下蝴蝶的翅膀，拔下蚱蜢的大腿，摘下甲蟲的腦袋，撕下蜈蚣的軀體，接著小心翼翼地將它們拼湊黏合起來，變成一隻奇形怪狀的怪異昆蟲。

然後，孩子們把它拿到達爾文的跟前。

「我們在地裡捉到了這隻昆蟲，達爾文先生，您能否告訴我們，它屬於哪一種類型？」

達爾文看了一下，又瞟了一眼那兩孩子，微笑地說：「孩子們，你們在捕捉的時候，它們會不會叫？」

「會叫的。」孩子說著，還彼此用臂膀打著暗語。

「既然如此，那它是一個『叫蟲』。」達爾文這樣答覆。

這當然是一個不知真假的笑話，不過達爾文當然看出端倪了，這拼湊的四種昆蟲中，蚱蜢雖然不會叫，但會用翅膀振動與後腿摩擦發出聲音，而其他的三種都不會叫，既然孩子們說，捕捉時會叫的，但只有蚱蜢的大腿，無法歸類，故只能屬於一個「叫」蟲的類型了，其餘皆不是。

我喜歡「叫蟲」這稱呼。

野地中，自然會有許多叫蟲，會叫鳴的昆蟲，蚱蜢在達爾文笑話中也算。

但即便在野地，要傾聽，欣賞叫蟲的叫，還得等夜晚，夜晚越夜越叫鳴，一直會持續到天魚肚白，所以只有早起或晚睡的人才能體會到這種美妙夜間音樂會演出。

一進黃昏後，天暗，那是野地各種音樂演出的時刻，有時無法清晰分辨叫鳴的來源，音色，類別，因為它們會混合在一起，此起彼落，但絕非單音，而是群起的合奏，但通常好像有競爭的意味，所以往往以混音的方式出現。

若是再加上風聲，葉聲，鳥聲等等，那野地的夜晚就更熱鬧了。不過，叫蟲的叫鳴是主調，有時輕柔，有時高亢，叫得蚱蜢如何揮動翅膀或後腿都沒用。

蚱蜢在野地的夜晚並非主角，縱使在白天也難得一見，因為野地很自然地保持一種自己的生態平衡，而蚱蜢是野鳥的食物，同時野地又沒有太多蚱蜢的食物，因此蚱蜢這叫蟲族群數量少，叫鳴更無人聞問了。

蚱蜢用翅膀來「叫」，用後腿來「叫」，就像蟬用腹部來「叫」，因此叫它們都是「叫」蟲，也還不至於名不符實，只是在我眼中的野地，蚱蜢並不會形成大軍，「叫」得鬼哭神號。

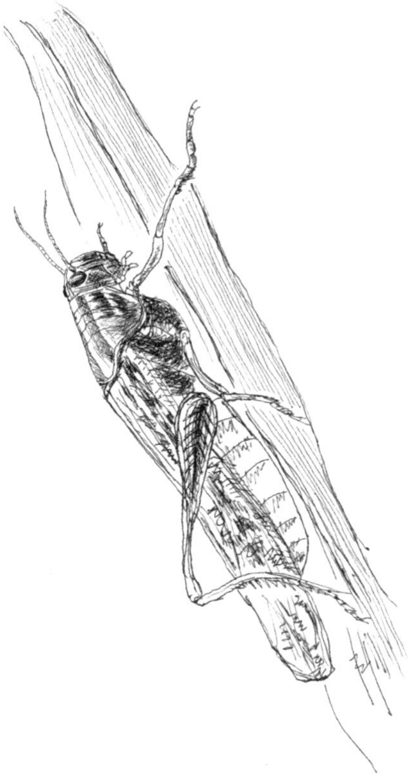

我難以在白天的野地分辨蚱蜢的叫聲，那有點難，即便在夜晚，也是。牠們似乎比蟋蟀來得不易近人，因為任何風吹草動，都輕易的讓牠逃之夭夭，要欣賞到牠的叫聲也備加困難，何況在野地的雜聲干擾也多，所以要分辨其叫聲實為不易。

通常，牠們只是靜靜地出現，吃食，身上披著一些花紋圖案，看來也善於隱藏偽裝。

我不會想將牠們放在掌中，就算叫聲不俗，也不會。

但有了蚱蜢，夜間的野地也有牠的樂器吹起，不論動機是求愛，或標誌位置，或愉悅心情，或唱歌陶醉，都少不了牠的參與。

只是我們難以在夜間多重奏音樂會中，辨認出牠的樂音而已。

但是，野地少不了牠，生態少不了牠。

發現

以前，我喜歡置身在野地中。

觀察記錄山鳥是我的重點，但既然已入寶山了，又豈能空手而回，因為只要細心，發現心目中的風景幾乎是唾手可及。

那是大自然，如一個寶山，自然有許多現象，景象在那裡自然形成，等待發現。

而發現，是一件美事，永遠值得花一點時間，一點心境，一點角度去等待，或者說收為囊中物。只有置身野地時才能體會。

法國雕塑大師羅丹說過：「生活中不是缺少美，而是缺少發現美的眼睛。」也是啊，有人路過生活，也看不到生活美的風景，有人旅行經過野地，也僅是走馬看花。大自然中更不是缺少美，而是缺少用眼用心的觀察。

有一個立秋早晨，陽光以熱力普照整個野地，那已經是過了野鳥早起有蟲吃的時候，四周靜悄悄的，啁啾隱去，只有微涼的風在與葉片細細對話，我站在那老舊的入山口警衛室附近，站著，由背包中拿出一塊麵包果腹，然後發現斜對面山徑的路邊那廢棄電線杆頂端，開始一連串落下類似「九七九」和「小氣鬼、小氣鬼」連著「嘰喳、嘰喳」激昂清脆的叫聲，速度之快，讓我見識到牠的啼叫魅力，讓一早的秋天都為之生動起來，風大概也會稱羨吧。

牠如此啼叫約五分鐘，歇息約十秒，再持續啼叫約五分鐘，我從未見過那麼愛表現歌喉唱腔的紅嘴黑鵯，那也是當時整個野地唯一的高音風景，牠就站在電線杆高處，高高站著，旁若無人地展現一副趾高氣昂的美妙叫聲。

那是我聽過最美妙的嘴黑鵯歌聲，從未有過的發現。

似乎，四周所有的風景也都停下來了，停下來，傾聽牠獨到的獨唱表演。

原來，許多野鳥的內心釋放，我們可能從未聽過，最專業的野鳥圖鑑中也沒記錄過。

然則，彼時，我是唯一的聽眾，牠彷若也將我當成唯一的聽眾了。

那紅嘴黑鶇自成秋天最天空的風景。

還有一個春天，剛下過一場小雨的黃昏，一隻綠繡眼就站在一朵花上，翹頭遠望。

花莖微微被牠壓彎，但站在花朵中似乎讓牠感覺雨後清新的空氣特別宜人，風輕輕掀著纖纖羽毛，但牠只是專注地遠望，動也沒動，像在等候情人一樣專注。

對一隻即便是超輕體重且十分活潑的綠繡眼來說，專注地站在一朵花朵上很不容易，更何況牠的不動如山，似乎很享受等待的痴情，連遠遠旁觀我也不禁未敢發出任何動靜，而試圖發現最後結果。

黃昏中，牠與花朵皆為風景。

那時，我在想，這完美的風景應該比所有的名畫更引人入勝。

花朵挺住了，春天最美的花朵挺住了，挺著那專注的綠繡眼，在黃昏中等待。

結果是，一切都沒讓那專注綠繡眼枯待，在夕陽天色的遠方，傳來一聲聲細細的叫聲，破空而來。

那是來自另一隻綠繡眼的聲音，或許是牠的情人。

牠此時毫不猶豫地飛身而起，飛快的投身而去。

花朵留下來了，黃昏也是，春天也是，愛情也是，一切都依然美好。

野地自然有許多現象，景象在那裡自然形成，等待發現，那都是我過去觀察記錄野鳥之外的意外樂趣，與收穫。

因此，或許也會發現一片雲跌落在山徑上的一窪水窪中，泡在水裡，

盪漾著。

或許會發現身邊的野地草皮裡，埋藏著一小堆閃爍晨光的珠寶盒，那是小小蜘蛛網與露珠的聯手串起的珠寶項鍊傑作。

或許會發現一片枯黃葉子，孤單單的飄搖在樹上，就是不肯與周圍所有的綠葉同色為伍。

或許會發現一隻松鼠完全放鬆地將自己的四肢趴在樹枝上，完全懶散無懼的，睡到日上三竿。

發現，令人著迷，也令人沉醉。

守候

古羅馬著名的詩人斯塔提烏斯說，「真正的幸運在守候著有資格享受的人。」

幸運，守候，享受，這三者似乎是連在一起的某種人生體驗。雖然有人覺得，守候是一種消極的表現，但我慢慢發覺，守候，只有在遇上時才有意義，比如種子在泥土中守候，只有發芽才有意義；又比如春天遇上花朵時才有意義，情人在遇上情人時才有意義。

當守候，有了享受的結果，才形成幸運的時機，那才有意義。否則，只是遺憾。

我一向只能在野地做某種巡視般地守候，也只能這麼做，因為我無法預料什麼，只盼做出可能的判斷，但能享受到什麼，不知，所以幸運通常站在大自然那一邊，我只能守候。

守候一場春雨之後，竹雞會出現在樹林裡，然後踏出草叢一步，而一旁的我能享受那種遇上的愉悅幸運，然後記上一筆。

守候在灌木叢之後，坐下來吃一片冷冷的土司，守候一隻白鼻心或一群樹鵲掠過野徑，風一樣，如此遇上了，我心也如風的快意。

守候在山坡暗處，苦苦等待哪個偷偷掛鳥網的獵人出現，讓那人影留在我的相機裡頭，這樣的遇上，才有為野地說話的意義。

守候在四季變化的山地中，只有觀察昨天，記錄今天，才有明日的意義，享受的只有孤獨，幸運的只有遇上的風景。

人面蜘蛛也只能像種子，春天，和情人在遇上時才有意義。織網，在樹林，在空中，若是不幸被一隻路過的松鼠，或一隻小彎嘴畫眉的腳碰觸，那麼一整天的守候就隨著破裂的織網在空中飄搖，一事無成。

我經常在低頭穿過樹林時，無意間碰觸到牠的蛛網，那一張連結著樹與樹之間，豎著，或斜著，風一般的輕巧，張羅在那裡，只能苦苦靜靜守候一些倒楣的昆蟲落網。而我一個不經意地揮汗，或轉身，就可能毀了牠一整天或若干天不想挨餓的心情。

牠，任何一隻人面蜘蛛，縱使牠的蛛網夠大，蜘絲也夠堅韌到足夠纏住一隻斯文豪氏攀木蜥蜴，但也只能被動的守候，沒遇上牠的食物前，什麼幸運或享受都不算數，只能挨餓。

風雨再大，只能守候。

酷陽再大，只能守候。

天空再大，只能守候。

我遇上的那隻原本很活耀的文豪氏攀木蜥蜴，只能在顫顫抖抖的，越纏越緊的蛛絲下繼續做最無畏掙扎；而牠，人面蜘蛛在不斷被抖動蛛網中只能一旁守候，那也可能讓牠的蛛網毀於一旦，或是受到部分損毀。有時到手的食物，會適得其反，並不好吃，或消化，還將自己準備多時的捕獵工具搞壞。

我總以為，若是遇上下雨天，雨停了，掛在蛛絲上的點點發光發亮如鑽石的小水珠，應該會讓人面蜘蛛的心情好一點，涼快一點吧。

有一回中午，我遇上牠在吃飯，一隻粉蝶，吃得津津有味，不遠處，還掛著不動的蒼蠅，那應該是刻意留下來的晚餐吧。

人面蜘蛛，我並不討厭，但牠有點狼吞虎嚥的樣子，我不想遇上。

但無論如何，這樣的牠至少是幸運的，守候是生活中唯一的信念。

其實，這大自然的野地上，萬物都在守候，在守候中生長，在守候中死亡。

其實，也說不上什麼享受，或幸運，遇上了，守候的意義有了不同罷了。

偽裝

都說，螳螂是偽裝大師。

有一種枯葉螳螂，學名為Deroplatys trigonodera，牠體色呈棕色，有模仿枯葉的深色和淺色斑點，且它牠的胸部恰似半片枯葉，一對翅膀收攏後恰似半片枯葉，這看上去就更像一片完整的枯葉了，同時腿也像極了枯葉葉柄，連葉脈和葉莖都清晰可見，這種枯葉螳螂是大名鼎鼎的擬態獵手，在森林地面上如同一片枯黃的樹葉。

還有一種蘭花螳螂，學名：Hymenopus coronatus，許多昆蟲利用擬態來隱藏在花叢之中，但這種蘭花螳螂的目的卻是吸引捕捉獵物，因為牠的四隻步足看起來極似蘭花的花瓣，而且能隨著花色的深淺調整自己身體的顏色。

更有一種非洲綠巨螳螂，雌性體長六公分至十公分左右，雄性體長通常在六至八公分，牠有一個很大的寬腹，寬腹大到能捕食昆蟲、蜘蛛、蜈蚣、蛙類、小蜥、小老鼠、小鳥、小蛇，和蝎子蜈蚣蜘蛛，也能捕食體型相當的蜂鳥。

全世界的螳螂約有一千八百種，但我在野地見不過三種，因為牠們偽裝得很像樣，所以不易發現。

我發現牠們的行蹤時，通常都在休息的時刻，我靜坐下來，而牠卻在手邊葉間或樹幹上有微微的行動，才暴露蹤影，否則我也難以發覺。

牠能動能靜，在我走過的野地中數量不明，一年裡也見不到三次，或許我也疏忽，牠們偽裝得靜到我擦身而過時也未感覺牠們存在，牠們如樹林中的忍者，儘管牠們也有飛越的本事，但只要不動，要出手捕捉獵物卻是輕而易舉。

我見過一隻潛伏在樹葉上的螳螂，忽然瞬間出手捕捉一隻行經牠頭上的蝴蝶，大長手一揮，半空中的翻飛的蝴蝶即手到擒來。

我欣賞牠的動作快疾，但牠的不動，基本上就是偽裝了。

不動，對許多昆蟲來說是保命之道，但就螳螂而言，卻是一種要命的出擊獵捕行為。

偽裝，我遇見過一隻貓頭鷹雛鳥，有危險時，牠可以站在樹上待上一整天，不動，如果我不是在一開始牠的叫聲吸引我仔細搜索，我根本發現不了牠那與樹幹顏色接近的纖毛羽色。又如翡翠樹蛙，諸羅樹蛙，台北樹蛙等等，就是以一身綠巧妙隱身在綠林間；而綠鳩，梭德氏草蜥，草蟬就將自己體表的紋路和色彩與生存環境偽裝為一體。牠們天生如此，其實也不屬刻意偽裝。

不過，人卻不只靠外表顏色偽裝，還會靠言語，服裝，表情和種種奸巧手段偽裝，總令人防不勝防，甚至造成嚴重人際關係的破裂，而螳螂的偽裝，只是出於生存的一點果腹需要而已。

野地樹林裡，獵捕與獵物皆存在，但獵捕也會成為獵物，獵物成為獵捕，端看從哪角度來看，生存的條件儘管殘酷，卻各有求生的法則，其偽裝也不見得能完全達到自我保護的目的。那捕食蝴蝶的螳螂，下一秒可能遭到長蟲的捕食，因為長蟲也具偽裝的本事。

偽裝，有時與記憶力一樣，並不保險，也並不長久。

人的偽裝也是。

樹林是螳螂的世界，只要有獵物果腹，牠的偽裝就能有利於更完美的獵捕到獵物，所以樹林野不野，螳螂也是指標之一。

因此，螳螂在許多城市公園中是見不到的，因為這種公園的生態並不適宜牠們生存，甚至連一般的蜻蜓都少見，只能勉強算是人的公園，而非動植物的公園。

說著說著，這事已時隔多年，不知那樹林野地的螳螂是否更野一些？

還是，樹林野地都不野了呢？

多年後，我穿過一個城市公園，在樹葉中搜尋，有一片如被啃食某種殘影身形的枯葉，在風中上下比劃，似蠢蠢欲動一螳螂。

螳螂在風中，揮舞著大長手……

音符

我的野地沒有牠。

當許多鳥橫著掠過空中時，為何雲雀卻獨獨由下而上直上雲霄，這種飛天的本事有何意義？

約二十多年前，我有機會乘船在澎湖與附近其他無人島轉了一圈，那是為了某雜誌媒體的拍照一次行動，他們拍照，我督導，但我發現我本性不改，暗中我有空就又觀察起荒野了。

我對澎湖這有菊島之稱的天人菊，並沒多大的印象，儘管我過去菊島的機會不多，可是在登臨菊島後，我反被雲雀的飛天技術惹得到處引頸眺望。

彼時，菊島多空曠地，雖說不是寸草不生，但我的印象是曠野中只有石頭和其中雜生的野草，地有些起伏，偶爾見到遠處有屋宇，而風就在曠野間放肆奔跑，我猜那是自海洋的風，帶著一點點鹹味，一點點潮氣，還有一點點野性。

即便在其他無人島上，地貌也類似，有時，風直接橫掃無人島的曠野，讓所有的野草與天人菊都不得不頻頻低頭，而雲雀，一隻隻紛紛如趕集似的，叫著，飛天而上。

這樣做，有何特別意義？

是為了展現自己飛天獨鬥技巧？

是為了宣示自己的領域主權？

是為了標註自己的位置方向？

是為了突顯自己的飛行能力與叫聲？

還是為了吸引異性的注意？

或是為了飛得高就看得遠？

我不知道，因為我僅能引頸眺望。

但既然被稱為雲雀，牠們就相互比畫，看看誰能飛天比雲高。

高亢的婉轉的啼叫，在風中傳唱，在曠野遊蕩，而天空的雲只能怔怔地看著，風也只能陪笑，而任由牠們上上下下翻飛高唱，好像這天下地上就是牠們的樂園一樣。

牠們在旱田或草場上有時將后冠羽豎起來，那或許為表達心情愉悅的歌唱，或有風吹草動的警戒，就端看當時所處的狀況判斷了。

在一個小小無人島上，約一個足球場大，地勢中間微微隆起，呈平緩的平地，然後向四周逐漸斜向海洋，這樣的小島，除了漁船或遊艇外，還會有誰靠岸歇息，或觀光，沒人會登岸，但海風野大，在那無任何遮擋的小島上，雲雀依然自我放聲高唱，迎風試圖攀上雲彩，這種百靈科的小型野鳥急促地扇動小小翅膀，風將牠們推向一邊，於是牠們跟著做出小小的盤旋。

牠們是風裡雲中的小音符，在小島上四處擺盪，然後落下，半刻後，又飛天躍起，我想，小小有力的翅膀讓小小音符有了一飛衝天的本事。

天空，從此有了漫天旋律的音符，如指尖飛速彈奏的音符，上舞下跳，那麼了得。

但我又該如何形容牠們百靈般的啼鳴清唱呢？

他們繼續拍照，而我繼續引頸仰頭，在雲間尋找牠們的蹤影。

彼時，天很高，雲很高，風很高，歌也很高。

我一轉頭，有嘰啾，嘰啾，嘰啾清脆嘹亮聲乍起，另一隻雲雀正抓著草枝，引頸而唱，再一彈起時，已是半天高了。

飛天，證明牠們是雲中靈雀。

而我，只能繼續站著，引頸，眺望而已。

深處

在我的野地，深處就意味複雜多樣。

複雜多樣也意味深藏一些秘密。

這樣的秘密，不難理解，但需要揭開。

但我不敢揭開，因為那深處可能危機四伏，而畏懼是人之常態。

以野地的深處來說，通常由各種植物構成，它們相互依存，也相互競爭，唯一的目的就是讓如此的複雜多樣繼續盤根錯節下去，甚至變成龐大的一個深處。

從地面的各種草叢，到灌木叢，再到稍高的雜木林，幾乎讓踩腳的地方也沒有，甚至連陽光也難得照亮它的底層，就是如此，潮濕陰暗就潛藏著危機，秘密也就難以揭開。

風似乎也至此停止，窒息似的潮濕空氣在深處裡面滋長，如一條令人恐懼的蛇，盤據其中，而我卻不敢侵入一步。

我聽見竹雞在深處發出叫聲，牠的腳踩在枯葉或枯枝上，也發出異樣聲響，但我幾乎永遠無法探知牠的生活。

牠的警覺性，讓牠習慣生活在那深處而覺得自在，或許，牠早已嗅到我發汗的體味，那意味一種危機，和威脅，就算我無心無意如此，但我知道，牠並沒有義務與人為伍。

牠到底過的是怎樣的生活？

那是一種不為人知的秘密，就如同白鼻心一樣。

有時，我聽見牠在深處竄過草叢的異響，甚至見到那高高的蘆葦叢頂端一路搖動，然後發出嘎嘎嘎的長嘯般呼喚，鬼出神沒的消失在那山路深處，而那裡的複雜草木幾乎掩蔽了整片山坡地。

我曾經由那裡面驚險地拖出一隻被陷阱夾傷的白鼻心，牠的後腳深可見骨的被鐵夾陷阱緊緊痛苦的夾著，不知多久了，牠在哀號，因此我才有幸見到牠，也發現陷阱。

當我試著解開牠落入的鐵夾時，牠一點也沒感激我，同時也試著攻擊撕咬我，等到我辛苦打開鐵夾後，牠走了，拖著幾乎已折斷的腳走了，消失在灌木叢深處。

我相信，牠從此再也活不了了。

那時，風吹在山坡地的所有山坡地植物的頂端，搖晃著，牠不會再回來了，我也不會再見到牠，但牠將一切秘密都帶走了，黃昏在山坡地的另一邊緩緩降落。

一切都安靜下來，牠的屍骨將淹沒在那草木深處。

這就是我不敢侵入深處，揭開秘密的原因。

因為，我侵入了，就會驚擾了深處所有的動物。

我寧可在外圍靜等待，即便整日一無所獲也願意。

但是，陷阱在裡面，在那深處，沒人知道真正的數量，與設置地點。

也沒人知道，獵人會多久會進入野地深處一趟，也沒人知道，多少動

物如竹雞和白鼻心被陷阱活捉後，又橫屍了多久後都沒人知道。

沒人在意這件事，也沒人在意這般的深處。

所以，也沒人知道在那深處，在我深入時，頭上腳下與四周的暗處，會有多少長蟲盤據，當我跨過那看似無異樣的斜坡姑婆芋時，我又會踩到哪些蜈蚣，或蟾蜍，甚至碰觸到咬人貓，和鐵夾陷阱，我不知道。

不知道，才是令人無端端恐懼。

而野地之所以迷人，之所以令我迷戀，亦是如此。

大椿

《莊子．逍遙遊》：上古有大椿者，以八千歲為春，八千歲為秋。

小時候，南部老家，後院圍牆一隅，有一龍眼樹。

因為占地的面積狹小，因此長大後就有點弱不禁風，樹幹約一個成人手臂粗大而已，那是我家唯一的一棵樹，也似乎是附近人家唯一的一棵樹。

因此，它成為我經常爬樹的對象，我能輕易就爬上去，試著在上面幻想放風箏，也試著借它的高度爬過隔壁的戲院圍牆去偷偷看戲，但我從未見過它結下龍眼。

它應該是公的樹，不結果。老爸似乎曾經這樣說過。嗯，公的，但好像也長不高大。我好像如此應聲過。

老爸沒說話，我也沒說話。

我專注放學後去爬樹，爬後院的龍眼樹，我覺得爬上去可以去偷偷看戲，或者可以看遠一點的天空。

為此，我老爸可能跟老媽說過，我這小孩可能以後會出遠門，不會待在家裡的。

後來，我真的出遠門，去流浪，不待在家裡了，從此也離開了那株龍眼樹，再後來，我就沒再問起那株龍眼樹了，再再後來，南部那老家不再屬於我了，我就更無法知道那龍眼樹的下落了。

但一個人知道心裡有一株龍眼樹是幸福的，因為那是一株大椿。

從此，我盼望有一天我的桃花源裡有一株大椿。

後來，我即便在野地中也未見過一株心目中的大椿。

再後來，我搬了幾次家，也到處為家，但就是沒再擁有過大椿，這會成為我一生的遺憾嗎？

我不知道。

但小小只有成人手臂粗的一株龍眼樹，卻是我心目中夢想的大椿。

每人心中也許都有一株大椿吧，是心靈中的，是夢想中的，是幼小中的，是現實中的，然後不論它是否成長為大椿，也會在自己的心念裡茁壯，蔚為高大茂盛吧。

即便是帶著它去流浪，人老了，它還是未曾消失的大椿。

在野地裡，台灣桫欏或許可算是我想像中的大椿吧。

因為它夠老，它是現今蕨類植物中最高大的種類，它也夠老，據說它的祖先是約四億年前古生代志留紀和下泥盆紀昌盛一時的裸蕨植物，到了新生代，經過多次地殼運動，特別是第四紀冰川的廣為分佈，發生氣候惡化，寒冷乾旱，而瀕於絕滅。現今的台灣桫欏也被我國視為一級珍稀瀕危保護植物。

這種植物為半陰性樹種，喜溫暖潮濕氣候，喜歡生長在沖積土中或山谷溪邊林下，因此，在我經過的野地山麓邊小塊峽谷也常見，身旁也常盼隨著其他蕨類植物，和雜木，以及來自山地的澗水，因為它的長相很容易

243 | 242 大椿

令我聯想到恐龍時代的古老久遠，而讓我念念不忘。

它不高大粗壯，專家說，一般的台灣桫欏約只有成人高度，但有的可達十米以上。

我非台灣桫欏專家，但我在野地經常見到它，能一眼認出的，也是它，不過，好像野鳥並不太喜歡長久逗留，往往蜻蜓點水般僅作短暫停留，但松鼠卻經常將它當成跳板，在雜木與它之間來來去去跳躍飛竄。

但它就是獨特的，與所有的大椿比較起來，它就是令人難忘，也只有它的存在，野地的荒野才夠古老。

如果天荒地老夠荒老，那麼看看這一樣天荒地老的蕨樹大椿，它並未消失，只是藏在眾樹之間的野地中，繼續它的日子罷了。

而我的龍眼樹大椿，也還依然在記憶中過它的日子，僅此而已。

追蹤

在決定冒險一探山谷之前，我整整考慮了兩週。因為在山谷形成的茂密樹篷，像謎一般掩飾了山谷所有的秘密，而且我是在一種近似有勇無謀、無周全準備的情況下，決定冒險一試。

說得真確一點，潛藏在山谷樹篷下的神秘，長久以來就藉用每株樹向上伸起的枝葉，紛紛向我招引。倘若我真想一窺究竟，誰也幫不了忙，只有勇氣和好奇能協助我的腳推動著，才能親身揭開它不可測的謎題。

事實上，我只需小心翼翼沿著幾呈七十度左右陡直的獵人小徑，穿過隨時掩蔽著小徑的兩旁芒草叢，連滑帶溜地毫不介意夏日惱人的山螞蝗，和割傷，那麼就可輕易接近山谷的中心地帶。

我的判斷或許沒有錯。一九八七年十二月十二日午間的溫度是攝氏十五度，之前連日的綿綿雨勢似乎有意阻擋我的計畫，但陽光閃耀於山谷樹篷所反照的蔥綠，以及跟著濕氣上升的鳥鳴卻讓我精神一振。右邊邊坡的芒草叢裡，曾有一隻憤怒的白鼻心誤蹈陷阱，在失去一隻強勁敏捷的左後腳後，我就從此不再獲得牠的任何訊息，但是我是最後目睹牠一拐一拐逍逝在山谷山麓的山坡矮木叢的人。

在芒草叢與另一邊崖壁邊緣，一株完全的枯木曾是一家五色鳥的溫馨小築，當牠們搬遷之後，立刻成為紅嘴黑鵯和白頭翁互爭的地盤。通往山谷的獵人小徑，即隱藏在這一片芒草叢一端的角落，除了獵人、我和臭狸，以及有心的五色鳥之外，大抵不會有人注意到它。

我戴上手套，小心攀著芒草莖滑溜而下，說是獵人小徑也只是獵人上上下下所踩出的山壁一條蹊徑泥路——芒草依然從兩旁悄悄地打著收復失土的計謀，如果不行，就用它們的身影將蹊徑泥路由半空中先密密覆蓋，再想辦法把被獵人循跡踩過的失土，企圖恢復舊觀——這樣一條幾乎斜斜高高由上而下的山壁小徑，往往經由獵人再三使用，就又留下蛛絲馬跡。但我猜想，身手矯健的獵人在攀經這小徑時，技巧一定比我高明許多。

冷風將芒草吹得簌簌作響，儘管日照在我心中拂去不少忐忑的不安，但仍不禁對這次冒險感到擔憂。在這長達約四十公尺的山壁小徑半途，我是幾乎被迫以滑行的窘態一路溜下山谷的。不過，對經常往來的赤腹松鼠而言，恐怕只是幾個起落的手腳伸展運動罷了。

站在山谷的角落，我發現雜木叢生，好像它們找到一處伊甸園般地大量繁殖，也大量地把落葉積存在地上，只有少許的陽光稀疏地穿著樹篷，落在低矮的大片羊齒植物和蕨類上跳動，幾聲熟悉的鳥啼似乎警覺到我的闖入，而緊急噤口。如果說我已懷著些些懼怕，那確是比附近的野鳥有過之而無不及。

我想我已身陷在一處自覺某種險境的陌生山谷裡，即使在過去的一段歲月裡站在山谷上，遙望山谷是那麼美麗，如今一旦置身其中，反而被一股滯留在山谷裡冷冷的風吹得不知所措起來。我初次深深感受到荒野，原來還保留著一種懾人的內涵，隱約不容得侵犯。

這種荒野是保存給依存山谷的一些鳥獸植物原住民的。我嗅著陽光蒸發自腐葉的氣氛，緩緩循著獵人走過的行跡前進，而不敢隨意對兩旁的禁地越雷池一步，因為我直覺判斷那是人面蜘蛛或某些長蟲的領地，或者是獵人陷阱的所在。任何的風吹草動，都會令我駐足傾聽、心驚。

我也無從想像，這山谷深處到底隱藏多少生物的秘密，但根據老舊的史料記載，它和附近的山勢曾是早年鹿群生棲的天堂。

但此刻寂靜多了，除了枝葉相互摩擦的異響和偶爾竄出的鳥聲，我清楚可以研判它們是來自小彎嘴、山紅頭、少數的紅山椒鳥，而不作聲的應該還有白鼻心、赤腹松鼠或其他。

在輕手躡足的行進中，我更懷疑每一片葉片下或樹後，皆可能有一對眼睛盯著我。殘存的山螞蝗，以及用節狀果莢，外覆濃密而微細的鉤狀絨毛般的眾多眼睛，躲在腳旁暗處偷偷跟蹤著我，期待我稍不留意，就密密麻麻毫無聲息地附身在我褲管上。假使有一隻白鼻心不幸與它擦身而過，它也會毫不考慮緊緊黏在牠的皮毛上，跟上一程。不過，我是沒心情和褲管的山螞蝗計較的，那是它們傳宗接代天賦的任務。

同時，我努力保持鎮定以留意四周的任何動靜，水珠從上層葉片滴落下層葉片的輕響、山紅頭的細細小腳踩在落地枯枝上的瑣碎作響，一陣山風吹動樹篷掀起的嘩啦啦聲響，以及我自己的鞋子陷入泥濘再跋起的脆響，如此的探險竟不覺令人緊張起來。我已隻身陷入全然陌生的山谷神秘之中，也發覺望不見下到谷底的小徑了，芒草像拉鏈般把小徑拉起來，讓人找不到破綻。

那麼就在太陽下山前繼續前進探索吧。

在看似空曠卻由各種植物占滿空間的山谷裡，望遠鏡已無用武之地，因為近距離的枝葉即在我周遭層層疊疊生長著。假設我是隻赤腹松鼠，那麼只要停下腳步，豎耳傾聽，就能清晰地分辨在三尺內何者是小蟲啃食樹葉、或果實在風中摩擦的聲音。

所以，我蹲下來，風卻在植物枝葉底層完全靜止，若是黃昏之後，那必然是像白鼻心飽餐後，拖著鼓鼓的肚皮散步的路徑。但我更相信，出入這山谷的獵人絕對比白鼻心狡猾多了，他們不僅能追蹤到白鼻心的路徑，也瞭解竹雞和野鼠行蹤，這時只需陷阱的等待就夠了。

相較於我的魯鈍，我曾在同一蹊徑上往返觀察附近的鳥類，卻未料到一只完整的鳥巢就在我舉手可及的低矮樹叢中，而感到汗顏。獵人對荒野的瞭若指掌，顯然就如同行走在山谷裡，總清清楚楚每株樹上或樹下藏有什麼動靜，甚至一草一木。

這事很快就證實了。就在我蹲下期望有什麼發現時，輕巧的腳步聲已靠近，而會下到山谷的人只有我和獵人。幾句山紅頭輕哨在數步遠的草叢內吹起，然後倏然而止，我經由迅速腳步聲的移動，確定獵人的走向之後，立即懷著好奇跟上去。我想，也許可以暗中取走幾個陷阱，至少對我的冒險也是好事。

在綿密的樹篷下，光線更形詭譎，而我的腳程很快證明比獵人遜色得多。

轉過兩個彎，我馬上又確定一件事，獵人似乎完全不理會四周的景況——這樣說吧，他對任何蛛絲馬跡的景況早了然於胸，也許從草偃的方向即能判別是否為白鼻心走出的路徑——接著，獵人大步跳過兩塊長滿苔蘚的大石塊，矯健的腳程，無礙於背後沉重背包壓力。
在我遲疑著是否繼續跟蹤時，只見他已面對一片岩壁，卻毫不思索地快速手腳並用，轉眼間即登上岩壁，消逝在頂部的樹叢中。我望著他遠去，而無法想像一個真正獵人神出鬼沒似地在我眼前消失。
他又如一隻嗅覺敏銳的白鼻心，總知道獵物在哪裡。
而我，卻依舊笨拙地四處張望，搜尋白鼻心傳來的異聲。
終於，獵人如入無人之境從我的好奇中失去蹤影。我不知道這山谷除了我之外，還有多少獵人和陷阱在探索它的秘密。一隻野兔的出現，可象徵一種荒野的程度；但是不知數的獵人出現，又代表一處山谷有多少危機？
腎蕨、栗蕨等葉尖逗留著陰濕的水珠，盯著我的一舉一動，陽光移進山谷後又很快爬上山壁；一隻黃蜂碩大的屍體寂寥地自己掛在樹皮上，強壯的黃色足爪依然緊緊地勾著，像釘在樹上的一塊警示牌，警告生人勿近。這是一株高大壯碩的山毛櫸，扶疏的樹篷支撐著山谷幽篁的歲月。伐木工人曾在過去的時光裡，在山谷附近大肆動手，如今又沉寂下來，因為幾幢高樓別墅在遠遠山頭間儼然成形，山谷僥倖存活下來了。

失去獵人之後，一切追蹤似乎顯得不再有意義，我無奈地決定撤退。黃昏，開始又在山谷營造原始的律動氛圍。

入夜後的荒野會變得更加無法預測，危機四伏，所以我該回去了，留給林鳥安睡的夜晚。

但面對整片山壁的芒草，小徑彷彿被風用芒草把拉鏈拉上，而遍尋不著。荒野山谷就是這樣保持原始形貌的嗎？

一種畏懼也開始在我心裡作祟，最後幾句高亢叫喊的白頭翁聲音，在趨向強勢的風中顯得急促。

我試著攀住芒草，不分方向地往上爬，如同卑微想要活命的一隻甲蟲，重新闢出新徑另尋生路。在那一刻裡，我卻也不如任何野生生物，能悠遊存活在神秘山谷，反而像遠離荒野許久後，再接近的近鄉情怯，而有莫名的矛盾。

這又恐怕是山谷所不解的。

後記

老婆那一次離東北老家快十多年了。

趁著後來有一回需要回東北老家親自辦事的機會，她終於得以先坐飛機取道回哈爾濱農村老家，然後再去北京我們曾經的家處理一些急事。

由哈爾濱趕回，轉到北京我們自己曾經的家，老婆當然還記得我的交代的事了。那就是，把所有的照片全留下，帶回台北，因為那是我們曾經所有的回憶。

這個北京我們自己曾經的家，要出租出去了。為此，老婆刻意自己為屋裡的牆壁油漆操刀，更重要的是將過去十幾年的記憶，該滿滿裝箱的裝箱郵寄回她老家，該狠心丟棄的就只能一箱箱不回頭丟棄，該細心撿拾重新想念的就盡可能打包裝袋，用力塞入行李箱裡。

然則，再如何不捨，被她挑中用力塞入回台北的行李箱，還是在機場超重了。

超重的回憶，在現實中要付出超重的價錢，但我卻至今無法秤出回憶到底在我心裡有多重。

其中遠遠且重重被從北京帶回台北的，包括一大包傳統沖洗的照片。這裡面有我們稍稍年輕時相聚出遊的美好記憶照片，有我在她哈爾濱老家過年拍攝的雪景，與農村老家的殘存逝去記憶照片，也有一些她與老家家族團聚的珍貴和樂記憶照片，更有我這十幾年隨手記錄北京風景的過去昔日記憶照片。我回憶了一下，散失的照片更多。但，許多回憶似乎還被感光，顯影，再定影在心裡的某個角落。

其中，竟然還有一本薄薄三十年前畫的生態細密畫插圖。我原以為它早已消失，永遠離我而去了。

它，對我無比的重要，是因為它幾乎快由我記憶中消失了，但，卻又找了回來。

它，是我親自繪製最珍惜的一本小畫冊，有些極少數的插圖曾經在陪伴著我三十年前的自然生態散文出現過，也意味著曾經歷執著追逐自然生態記錄歲月的一段縮影，但裡面絕多數插圖卻始終被收集在這小畫冊裡不曾公佈，這一藏就不知何時起就跟著我東流浪西奔泊，人走到哪，它就跟到哪，像回憶一樣不離左右。然後，又一藏，就不知藏在哪段時光與生活的遺忘中了，不見了，再也沒找到了，就以為它從此失去了，不再回來了。

但它，就奇蹟似的，在這次搬家中，被我老婆無意中一起隨著其他行李都一起回到我手中了。

根據我老婆的說法，卻是經由這次的全家式的整理，說是從一個櫥櫃底層翻找了出來的。

有些回憶，就是這樣，有時會被不刻意的找回來。

我細細端詳回憶這本如今像重出江湖的騎士般的插圖畫作，那是三十年前我的最愛，我曾經長年自然生態記錄行旅的最愛，我曾經年輕熱情又孤獨的唯一立志工作的最愛，我生命歲月裡最值得慶幸的最愛。然後，細緻繪下的近四十餘張插圖，黑白的，如一個個清晰記憶，都能精準地追尋到那時空那場景，那空氣那蟲草，那土地那荒野，我似乎也能聞到自己一個人獨自穿行在風中雨裡所散發出來的汗臭味。

除了本書的推薦序和自序與目次的插圖，是為出書而配合新繪的之外。

現在，這些我最鍾情的插圖，三十年前的老插圖，都集中到這本《尋仙》的散文集了，配合了文字演出，也是我最心愛的一本書了。

文字的回憶是美好的，插圖也是，一切都回來了。

嗯，好像，不曾遺失過一樣。

尋仙 / 陳煌作 . -- 一版 . -- 臺北市 : 時報文化出版企業股份有限公司 , 2023.06
面；　　公分 . -- (新人間 ; 386)
ISBN 978-626-353-796-5(平裝)

863.55　　112006145

ISBN 978-626-353-796-5
Printed in Taiwan

新人間 386
尋仙

作者　陳煌｜插畫　陳煌｜主編　謝翠鈺｜企劃　鄭家謙｜封面設計　朱疋｜美術編輯　SHRTING WU｜董事長　趙政岷｜出版者　時報文化出版企業股份有限公司　108019 台北市和平西路三段 240 號 7 樓　發行專線—(02)2306-6842　讀者服務專線—0800-231-705・(02)2304-7103　讀者服務傳真—(02)2304-6858　郵撥—19344724 時報文化出版公司　信箱—10899 台北華江橋郵局第九九信箱　時報悅讀網—http://www.readingtimes.com.tw｜法律顧問　理律法律事務所　陳長文律師、李念祖律師｜印刷　勁達印刷有限公司｜一版一刷　2023 年 6 月 16 日｜定價　新台幣 380 元｜缺頁或破損的書，請寄回更換

時報文化出版公司成立於 1975 年，並於 1999 年股票上櫃公開發行，
於 2008 年脫離中時集團非屬旺中，以「尊重智慧與創意的文化事業」為信念。